# 왕십리 온 단테 Ⅱ
## (Wangsimni on Dante)

— 『신곡』 읽기 길잡이 —

《지옥편》

# 왕십리 온 단테 Ⅱ
## (Wangsimni on Dante)

— 『신곡』 읽기 길잡이 —

《지옥편》

김명복 지음

평민사

# 왕십리 온 단테 II
# Wangsimni on Dante

# 차례

# 『왕십리 온 단테』
# 발간 경위

　2016년 4월, 벌써 5년이 흘렀다. 내가 운영하는 성동구 왕십리의 독서당고전교육원에서 김명복 교수의 단테 『신곡』 평설 강론이 출발하였다. 이 강연은 애당초 책 출간을 목표로 한 것이어서 책 제목을 『왕십리 온 단테』(Wangsimni on Dante)로 정하고 출발하였다. 영어로 'on'은 연구 대상에 대한 관심을 표시하지만, 우리말로 '온'은 '와 있는' 상태를 가리키기도 한다. 『신곡』에 대한 공동 관심사를 공유하고 단테를 모시고 왕십리에 모인 참석자는 김 교수와 가까운 영문학 전공자가 주축을 이루고, 고려대 병원장처럼 문학 전공이 아니면서도 상당한 수준의 지식을 지니고 있는 분들이 합세하였다. 연세대 국문과 박사인 양세라 씨는 내 소개로 오셔서 곧 분위기에 익숙해졌다. 강의 시작 전날 교육원에 『사기열전』을 들으러 오신 정명규 선생이 합세하기로 했는데, 이 분은 MBC TV 피디로서 〈세계문학기행 '명작의 고향'〉이란 1980년대 초 당시로서는 낯선 교양 프로를 제작하면서 단테 『신곡』의 현장에 대한 생생한 기억을 지닌 분이었다.

 강의는 진지하게 진행되면서 김 교수 특유의 느리게 성찰하는 분위기에 이끌려가는 듯하다가도 문득 기억의 고삐가 풀린 참석자들의 독무대로 변하기 일쑤였다. 나도 시조나 한문 따위의 동양 지식을 과시하며 참견하였는데, 엉덩이에 구더기가 생기도록 외국문학을 공부한 김 교수를 국문학 소양이 부족하다고 핀잔주던 장면을 생각하면 모골이 송연할 지경이다. 김 교수는 특유의 미소를 지으며 우왕좌왕하는 강의실 구석에 앉아있었는데, 원고를 돌이켜보니 개개인들의 욕망에 휘둘리면서도 추구하는 한 방향이 뚜렷한 담소를 나름대로 새기며 다음 주제를 준비했던 것을 알 수 있다.

 강의가 끝나면 왕십리의 음식점이나 술집에 가서 환담을 더 나누었는데, 교육원 근처의 펍 형태의 호프집은 이 모임이 아니었으면 모르고 지나쳤을 수도 있었다. 강의는 8월까지 매주 지속되어 「천국」 14편의 평설이 마련되었다. 끝판에 김 교수의 필력이 달려가는 것을 느꼈지만 깊이 살피지 못한 불찰을 저지르고 말았다. 기관지인 『독서당고전교육』 제2집부터 원고를 싣는 혜택을 누리면서도 김 교수께 상응하는 접대를 못해 드린 자책감이 남아있다. 김 교수가 헐렁한 성품은 아닌데, 내게 편하게 대해준 것은 일리노이대학에서 공부할 때 나의 은사가 같이 지내셨기 때문일까, 자문이나 하고 있는 형편이다.

 강연자는 한 구석에 비켜 세우고 수강자들이 독판을 치던 광경은 지금도 기억하자면 미소를 자아내게 하지만, 정명규 선생이 정색을 하고 피렌체나 라벤나의 정경을 되살려냄으로써 다시 진지한 상태로

돌아갔던 기억이 잇따르면서 책으로만 아는 추상적인 지식의 빈곤함을 새삼 깨닫게 된다. 정명규 선생의 해설을 대신한 다큐멘터리 큐시트를 2권 「지옥」편 마지막에 인용한 것은 정 선생이 깨우쳐준 어둠과 빛의 선명한 대조를 통한 『신곡』의 구조 파악을 기대하기 때문이다. 그는 세계의 문학 발상지를 돌아본 경험에 의한 특별한 공간감각을 지니고 있어서 세계문학의 전체상을 그려내는 작업에 적절한 자질이 있다고 생각한다.

김 교수는 매일 일찍 연구실에 나와서 저녁 늦게야 집에 돌아가는 근실함 속에서도 영화·음악 등의 다양한 자료를 섭렵하는 한편, 한글의 우수성에 대한 깊은 관심을 가지고 논문을 발표하기도 하였다. 몸이 불편해지면서 서두르게 된 『신곡』 평설 원고도 김 교수가 자료를 넘기기 전까지는 「천국」편만 되어있는 줄 알고 있었는데, 놀랍게도 전편 평설의 원고를 써 놓아서 책을 몇 권으로 할 것이냐는 작은 고민까지 안겨주기도 했다.

김 교수가 주도하는 영문과 동기들의 카톡방에서 2020년 12월부터 2021년 2월까지 석 달 동안 노벨문학상 수상자인 루이즈 글뤽의 시를 번역하고 해석하는 작업이 이루어졌는데, 모두들 관심을 가지고 하나의 대상에 몰입하는 아름다운 정경을 보여주는 가운데에 특히 강석원 씨가 퇴직 여가에 익힌 사진 솜씨를 보여주어 곁에서 즐거운 시간을 보낼 수 있었는데, 판권 문제로 출간이 어렵다는 말을 듣고 얼마나 실망했는지 모른다.

　김 교수가 자유롭게 활동하지 못하는 조건 속에서 이정옥 평민사 사장의 호의로 조속히 발간되는 이 책의 유포와 홍보에 정명규 선생의 비디오 시청을 비롯한 강연이 톡톡히 역할을 할 것으로 기대한다. 또한 원주 동료인 임성래 교수의 헌신적인 교열 작업이 이 책의 출간을 뒷받침하고 있어서 걱정을 놓게 하니 출간이 순조롭게 진행되는 흐뭇함을 참여자들과 나누는 작은 기쁨도 있음을 다행으로 여긴다. 지켜보는 김 교수가 흡족해 하는 결과가 빚어지도록 불찰과 무심의 부채를 지고 있는 내가 힘닿는 대로 앞장 서 보려는 생각을 지니고 있다.

　2021년 꽃 피는 사월에,
　독서당고전교육원 원장 윤덕진 삼가 씀.

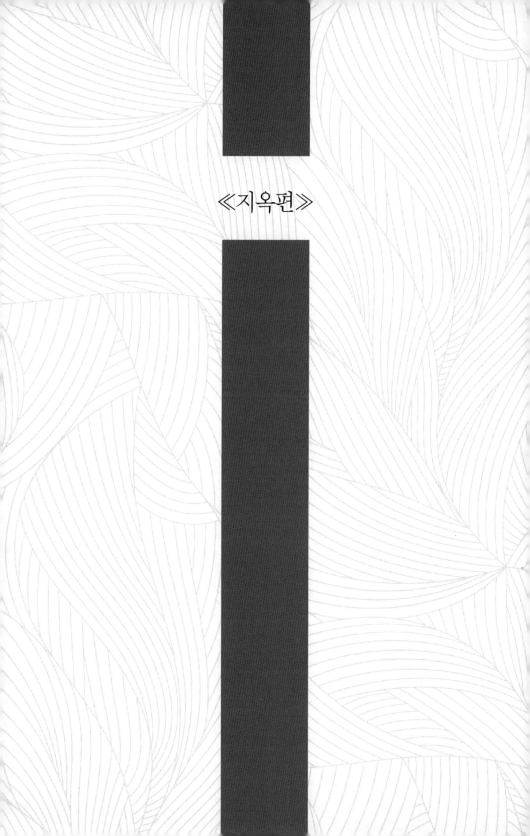

≪지옥편≫

# I−II

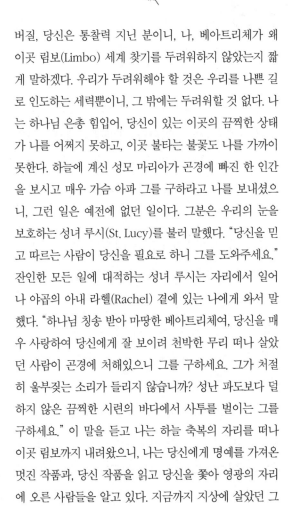

버질, 당신은 통찰력 지닌 분이니, 나, 베아트리체가 왜
이곳 림보(Limbo) 세계 찾기를 두려워하지 않았는지 짧
게 말하겠다. 우리가 두려워해야 할 것은 우리를 나쁜 길
로 인도하는 세력뿐이니, 그 밖에는 두려워할 것 없다. 나
는 하나님 은총 힘입어, 당신이 있는 이곳의 끔찍한 상태
가 나를 어쩌지 못하고, 이곳 불타는 불꽃도 나를 가까이
못한다. 하늘에 계신 성모 마리아가 곤경에 빠진 한 인간
을 보시고 매우 가슴 아파 그를 구하라고 나를 보내셨으
니, 그런 일은 예전에 없던 일이다. 그분은 우리의 눈을
보호하는 성녀 루시(St. Lucy)를 불러 말했다. "당신을 믿
고 따르는 사람이 당신을 필요로 하니 그를 도와주세요."
잔인한 모든 일에 대적하는 성녀 루시는 자리에서 일어
나 야곱의 아내 라헬(Rachel) 곁에 있는 나에게 와서 말
했다. "하나님 칭송 받아 마땅한 베아트리체여, 당신을 매
우 사랑하여 당신에게 잘 보이려 천박한 무리 떠나 살았
던 사람이 곤경에 처해있으니 그를 구하세요. 그가 처절
히 울부짖는 소리가 들리지 않습니까? 성난 파도보다 덜
하지 않은 끔찍한 시련의 바다에서 사투를 벌이는 그를
구하세요." 이 말을 듣고 나는 하늘 축복의 자리를 떠나
이곳 림보까지 내려왔으니, 나는 당신에게 명예를 가져온
멋진 작품과, 당신 작품을 읽고 당신을 쫓아 영광의 자리
에 오른 사람들을 알고 있다. 지금까지 지상에 살았던 그

누구도, 자신의 올바름을 추구하거나 자신의 불행을 피하
기 위하여 나처럼 이렇게 신속한 행동 취한 사람 없었다.
−「지옥」 캔토 2:85-114


『**성경**』에 동물들이 등장하면 최후의 심판을 말하는 계
시의 의미가 있습니다. 동물들이 인간세계에 개
입하는 그 자체가 묵시록의 최후의 날에 벌어질 사건이라 생각해서입
니다. 천재지변이 일어날 때마다 최후의 날을 상기하는 이유입니다.
단테가 깜깜한 숲속에서 길을 잃고 헤맬 때 그의 앞에 세 동물들이 나
타난 사건은 묵시록적인 사건입니다. 그렇게 단테가 경험하는 지옥의
사건이나 연옥과 천국의 사건 모두 묵시록적인 의미를 지니고 있습니
다. 우리는 『신곡』을 「요한계시록」과 같은 의미로 읽어야 합니다.


『신곡』을 읽으며, 특히 「지옥」편을 읽으며 의문이 하나 있습니다.
인간들이 어떻게 하나의 죄로 분류될 수 있는가 하는 것입니다. 소
크라테스는 젊은이들을 타락시켜 사회질서를 혼란시킨 반정부 인간
으로 분류되어 사형선고를 받습니다. 법정에서 그는 자신의 내부에
서 말하는 양심의 소리를 따랐다고 변호합니다. 양심이 바로 다이몬
(Daimon)입니다. 그리스 시대에 다이몬은 3가지 뜻을 지녔습니다. 신
들이었고, 신들과 인간들을 연결하는 천사들이었고, 죽은 자의 영혼
이었습니다. 그러다가 기독교 시대에 이르러 다이몬은 악마(Demon,
Devil)가 됩니다. 악마는 타락한 천사들로(Fallen Angels) 하나님의 자
리를 넘보고 하나님에 대항했다가 하늘나라에서 떨어진(Fallen) 천사

들입니다. 그들 무리의 우두머리가 사탄(Satan)입니다.

인간은 살아가며 하나님에 사로잡혀 있거나, 아니면 악마에게 사로잡혀 있습니다. 둘 중 하나입니다. 중세에는 그렇게 생각했습니다. 악마에게 사로잡히면 인간은 이성을 잃고, 욕망에 사로 잡혀 동물이 됩니다. 지옥에 있는 인간들이 동물과 같이 묘사되는 이유입니다. 지옥의 인간들은 다이몬, 악마에 사로잡혀 있습니다. 그렇게 지옥의 죄인들은 하나의 다이몬에 사로잡혀 살았던 인물들이었습니다. 흥미롭게도 이교도들은 욕망에 따라 행동하는 사람들을 신들이라고 생각했습니다. 욕망으로만 사는 사람들은 인간과 같아 보이지 않아 신이라고 생각하였습니다. 아주 단순한 이분법사고입니다. 그리고 이교도들은 동물들을 신들과 같이 숭배하였습니다.

버질(Virgil)은 이성을 대표하는 사람입니다. 지옥의 욕망과 반대되는 개념이 이성입니다. 그렇다면 버질은 어떻게 이성을 대표하게 되었을까요? 그의 작품 『아이네이드』(『Aeneid』)는 호머(Homer)의 『일리아드』에서 트로이(Troy)가 그리스와의 전쟁에서 패하자, 트로이의 왕자 아이네아스(Aeneas)가 트로이를 떠나 로마를 건국하기까지의 이야기입니다. 로마를 건국하기까지 그는 많은 시련을 겪습니다. 그가 욕망에 따라 안주하려 할 때마다 꿈에 제우스가 나타나 "잠에서 깨어나 일어나 로마로 향하라"고 말합니다. 제우스의 말은 이성의 목소리입니다. 가장 유명한 이야기가 카르타고(Carthago)의 여왕 디도(Dido)와의 사랑이야기입니다. 아이네아스는 바다에서 배가 침몰하여 육지 카르타고에 도착합니다. 그리고 그는 그를 환대해준 디도 여왕을 사랑하여 카르타고에 머물러 편하게 살려고 합니다. 그러자 꿈에 제우스가 나타나 로마 건국을 위해 떠나라 명령하고, 그는 그녀를 떠납니다. 아이네아스가 떠나자 그를 원망하며 디도는 자살합니다. 아이네아스는 욕망이 아니라 이성을 따라 행동했습니다. 그렇게 중세에는 작품 속 주인공 아이네아스와 같이 버질은 이성의 화신이 되었습니다.

버질이 있는 림보의 세계는 지옥의 바깥에 위치해 있습니다. 그곳에는 호머와 오비드를 비롯하여 유명한 시인들은 물론, 예수가 태어나기 이전에 살았던 도덕적으로 흠 없이 살았던 사람들과, 세례를 받지 못하고 일찍 죽은 어린이들이 있습니다. 예수 탄생 이후에도 예수를 알지 못하고 죽은 덕성을 갖춘 인물들이 죽어가는 곳입니다.

인용에서 우리는 한 여인을 사랑하여 그녀를 그리워하며 쓴 사랑의 시로 유명한 시인이 된 단테와, 버질의 시를 사랑하여 그의 시를 읽고 연구하여 자신들의 시를 써서 유명한 시인들이 된 사람들 이야기를 듣습니다. 두 경우 모두 시를 사랑하였다는 공통점이 있습니다. 사랑이란 상대를 사랑하여 상대로부터 사랑받고 싶어 하는 마음입니다. 사랑하면 기본적으로 상대를 존경하는 마음을 품습니다. 상대가 존경의 대상이어서 사랑합니다. 그리고 존경하는 상대로부터 사랑받기 위하여 나 자신도 존경의 대상이 되어야 합니다. 그렇게 나의 인생은 경의와 경이의 대상이 됩니다. 베아트리체에 대한 단테의 사랑이 그랬습니다. 단테가 베아트리체에 대해 품은 경의와 경이가 곧 그의 인생의 경의와 경이가 되었습니다.

# III

나는 네가 살아서 한 일 모두를 알고 있다. 나는 네가 살아서 차거나 뜨겁기를 바랐으나, 너는 차갑지도 뜨겁지도 않게 살았다. 너는 차갑지도 뜨겁지도 않은 인생을 살았으니, 나는 나의 입에서 너를 토해내겠다. –「요한계시록」 3:15-16

단테와 버질이 지옥문을 들어섰을 때 그들이 처음 마주치는 망자들은 살아가면서 마음을 정하여 입장을 분명히 해야 할 때, 그 어느 쪽에도 속하지 않았던 사람들과 천사들입니다. 하늘에서 하나님의 자리를 넘보고 하나님에 대항하여 싸우기 위해 대장 사탄의 깃발에 모였던 천사들이거나, 아니면 하나님의 편에 서서 사탄의 무리들과 싸웠던 천사들이 아니라, 그 어느 쪽에도 속하지 않고 중도의 입장을 취하고 싸움에 끼어들지 않았던 천사들이 이곳에 있습니다. 그들은 차갑거나 뜨겁지도 않은 입장을 취한 쓰레기들입니다. 살아있었으나 살아있음을 포기했던 자들입니다. 지옥이나 천국 그 어느 곳도 그들이 머물 곳은 없습니다. 이들은 지옥의 뱃사공이 망령들을 지옥으로 나르기 이전에 단테와 버질이 만난, 지옥이나 연옥이나 천국을 갈 수 없는 버려진 무리들입니다.

 그들은 살아서 아무 의미도 없는 인생을 살았으니, 그들은 죽어서
는 아무 그림도 글자도 없이 텅 비어있는 아무 의미 없는 깃발을 뒤
쫓아서 뛰어갑니다. 그들이 뛰어갈 때 그들의 벌거벗은 몸들을 벌떼
들이 몰려와 쥐어뜯어 온 몸에는 피가 줄줄 흐르고, 그들은 고통으로
눈물 흘리며 울부짖는데, 그들의 발들 아래에는 보기에도 흉측한 벌
레들이 모여 들끓어 그들이 흘린 피와 눈물들을 받아먹습니다.

  이곳은 한숨과 탄식 그리고 크게 울부짖는 소리가 별빛 없는 대
기를 뚫고 메아리쳤다. 처음에 나는 눈물을 흘렸다. 무슨 말인지 알
수 없는 말들을 지껄이고, 그 말들은 험악하고 고통스럽고 화가 잔
뜩 난 거친 말투였다. 그리고 그들이 지껄이는 소리들은 그들이 고
통스러워 손들을 휘저으며 내는 소리들과 뒤섞여, 영원히 어두운 대
기를 뚫고 휘몰아치며 요란하고 끔찍한 소리들을 냈는데, 마치 돌
풍에 모래들이 소용돌이치며 흩어지듯 크게 들렸다. -「지옥」캔토
3:22-30

 "이 고통스런 처지에 있는 망자들은 치욕도 칭송도 없이 살았던
비겁한 영혼들이다. 자신들만 생각하느라, 하나님 편에 서지 않았
고, 그렇다고 반역의 무리들 편에 서지도 않았던 아주 비겁한 썩어
빠진 천사들이다. 불공평하단 말 들을까봐 천국이 그들을 받지 않
았고, 그들 비겁한 자들에게 오히려 명예가 될 수 있다 생각하여

지옥도 그들을 받지 않았다… 그들은 이곳에서 죽기를 바랄 수 없어, 살아서 선택하는 삶을 살지 않았음을 크게 후회하며 선택의 삶을 살았던 사람들을 부러워하고 있다. 세상은 그들이 살았다는 기록조차 지워버렸다. 세상은 그들을 불쌍하다 생각하지 않고, 그들이 옳았다거나 틀렸다는 말조차 하지 않는다. 그러니 그들에 대해 더 이상 이야기하지 말고 지나쳐 가자. 저기를 보아라."

　나는 멈출 기세 없이 휘날리며 급하게 달려가는 깃발 하나를 보았다. 깃발 뒤로 길게 한 무리들이 따라 오는데, 나는 죽음이 그렇게 많은 무리들을 사로잡아 올 줄 몰랐다. 나는 그들 몇몇을 알아보았다. 그리고 교황 자리를 내놓으란다고 내놓은 비겁한 교황을 알아보았다. 그리고 하나님 편과 사탄의 편, 그 양측에 증오의 대상이 되었던 쓰레기 같은 천사들 무리들도 보았다. 이들 망자들 모두는 세상에 살았다는 기록이 하늘나라에 없다. 이들의 맨살을 땅벌과 말벌들이 세차게 쏘아대어 그들의 얼굴과 몸에서 피가 강처럼 흘러내려 눈물들과 뒤섞이고, 그들의 발들 아래는 그들의 피와 눈물을 받아먹으려고 흉측한 벌레들이 모여 들끓었다. -「지옥」캔토 3:46-69

　우리는 이곳에서 정치가 단테의 성격을 분명하게 볼 수 있습니다. 그는 누구나 정치적인 입장을 분명하게 밝혀야 한다고 말합니다. 우리의 믿음도 분명해야 한다고 합니다. 우리들 가운데는 영악하게 계산하여 하나님을 믿는 사람들이 있습니다. 하나님을 믿지 않았다가 죽어서 하나님이 있어서 낭패 보는 것보다, 하나님을 믿었다가 죽어서 하나님이 존재하지 않아 낭패 보는 일이 더 지혜로운 일이라고 생각하여 하나님 믿는 사람들이 있습니다. 논리적인 말인 것 같지만, 우리가 「요한계시록」에서 보듯이 믿음은 그렇게 미적지근한 것이 아닙니다. 믿거나 믿지 않거나 어느 하나입니다. 단테의 믿음은 그렇게 그의 정치이념과 비슷합니다. 플라톤과 아리스토텔레스 모두 『국가론』을 쓴 것을 보면 철학은 정치와 떨어질 수 없습니다. 그리고 종교도 정치와 떨어질 수 없습니다. 성 아우구스투스와 토마스 아퀴나스 그리고 단테도 정치에 대한 글을 썼습니다. 물론 『신곡』도 단테의 정치학입니다.

우리는 정치와 종교의 분리가 요구되는 시대에 살아가고 있습니다. 그렇게 배웠습니다. 여기에 문제가 발생하였습니다. 물론 이슬람 국가들은 예외입니다. 도덕적인 정의보다는, 목적을 위하여 도덕적인 판단이 무력화되고 수단이 정당화되는 마키아벨리 정치철학이 횡행하고 있습니다. 예전에 종교가 정치를 간섭하였습니다. 지금은 종교가 정치를 수용하고 있습니다. 교회가 마키아벨리 정치철학을 그대로 받아들여 마키아벨리 교회철학을 주장하고 있습니다.

자신의 생존을 위하여 타자의 생명은 문제가 되지 않습니다. 공존이나 상생이라는 어휘가 무색한 세상입니다. 도덕적인 판단을 내릴 수 없이 혼탁한 세상을 살아가고 있습니다. 먹고 먹고 또 먹고, 이성적 인간이기를 잊고 잊고 또 잊는 삶을 살아가고 있습니다. 무엇을 할 것인가가 아니라 무엇을 먹을까 그리고 무엇을 잊을까를 먼저 생각합니다. 장수를 위한 질병의 공포를 조장하며 보험회사들이 엄청나게 돈을 벌어들이고, 보험회사가 의료기관과 협력하여 의료비를 올리고 있습니다. 우리는 그저 살아남기 위해 살아가고 있습니다.

중도를 선택했던 사람들이 의미 없는 깃발을 좇듯이, 우리도 아무런 의미 없는 텅 빈 생존의 깃발을 좇고 있습니다. 위험부담이 적다고 남들이 가는 데로 우리도 같은 길을 갑니다.

# IV

심판자 예수님 음성 듣고 죽어 있던 자들이 무덤에서 나올 날이 있을 것이다. 살아서 선한 일 하였던 자들은 부활하여 영생을 얻고, 악한 일 하였던 자들은 부활하여 지옥에 떨어질 것이다. -「요한복음」 5:28-29

예수가 그의 천사들을 보내어 죄를 짓게 하였던 일들과 죄를 지었던 모두를 불러 모아 그들 모두를 불타는 용광로에 처넣을 날이 올 것이다. 그때에 그들은 지옥에서 이를 갈며 울부짖고 아우성칠 것이다. -「마태복음」 13:41-42

단테는 그의 안내자 버질과 함께 지옥에 들어가기 전 지옥의 변두리에 해당되는 림보의 세계로 갑니다. 그들은 그곳에서 그들을 마중 나온 4명의 위대한 시인들을 만납니다. 그들 4시인들은 어둠으로 둘러싸인 반구의 불꽃 안에 갇혀있었습니다. 림보의 시인들은 단테와 버질을 환영하며, 특별히 단테를 그들 시인들 무리에 한 인물로 6번째 시인으로 인정해줍니다.

이곳에는 죄를 짓거나 신앙을 고백할 능력조차 없이 세례를 받지 못하고 죽은 유아들과, 예수 탄생 이전에 태어나 세례를 받지 못했던 잠재적 기독교인들인 구약의 성인들, 그리고 시공간을 초월하여 덕을 갖춘 유명한 인물들이 있습니다. 트로이와 희랍 그리고 로마의 유명한 신화와 설화의 영웅들이 있고, 3명의 유명한 이슬람교도들, 유명한 왕들, 시인들, 철학자들과 학자들이 있습니다.

단테와 버질을 포함한 세계를 대표하는 6명의 시인들은 7개의 벽들로 둘러싸인 성인 림보의 세계로 들어갑니다. 7개 성벽들은 3개의 지성들, 지혜(Wisdom), 이해(Understanding), 사고(Contemplation)와, 그 이외 4개의 덕성들, 분별력(Prudence), 강인함(Fortitude), 절제(Temperance), 정의(Justice)를 각각 의미합니다. 다시 말해 림보에 있는 그들은 지성인들이고 도덕가들입니다.

림보에서 우리 눈길을 끄는 3가지 사건들은 림보가 어떠한 세계인가와, 예수가 죽어 이곳 림보에 들러 구약의 성인들을 천국으로 데려간 사건(The Harrowing of Hell)과, 단테가 유명한 시인들 가운데 6번째 시인이 되었던 일입니다. 버질은 림보의 세계를 다음과 같이 말합니다.

이곳에 어떤 영혼들이 있는지 네가 묻지 않으니, 앞으로 더 나아가기 전에 네가 알고 가야 할 것을 말해주겠다. 이곳에 있는 영혼들은 살아서 죄를 짓지 않았다. 그들은 천국에 갈 만한 덕을 갖춘 영혼들이었지만, 덕만으로는 충분하지 않았다. 그들은 믿음의 출입구라 할 세례를 받지 않았다. 그들은 기독교를 알지 못해 하나님을 바르게 믿지 못했다. 나 역시 이들 가운데 한 사람이다. 죄를 짓지 않았지만 세례를 받지 않아, 림보의 영혼들은 천국에 가지 못한다. 그들은 천국에 갈 수 있는 희망도 없이 가고자 하는 욕망만 갖고 있어 고통스러워하고 있다. -「지옥」 캔토 4:31-42

그리고 예수가 천국에 가기 전 지옥이 아닌 림보에 가서 아담과 이브는 물론 구약의 성인들을 천국으로 데려간 사건이 있었습니다. 사실 세례를 받지 않아 천국에 가지 못한 구약의 성인들을 저주받은 자들이 머무는 지옥에 있게 하는 것은 기독교 윤리로 볼 때 부담이 되는 일이었을 것입니다. 그러나 신앙을 고백하는 세례를 받지 않았으니 기독교인들이라고 할 수도 없습니다.

살아서 아무리 훌륭한 일을 하였더라도 세례를 받지 않았다면 죽어서 천국에 갈 수 없다는 말은 기독교인들이 아니면 이해하기 어려운 말입니다. 기독교에서의 이야기는 이렇습니다. 우리는 자유의지를 가지고 하나님의 뜻을 따라 행동할 수 있고, 하나님의 뜻과 능력을 배제하고 우리 홀로 행동할 수도 있습니다. 하나님의 뜻에 따라 행동하면 하나님의 은총을 입습니다. 하나님은 전지전능하신 분이니 우리가 하나님의 은총을 입어 행동하면, 우리는 알 수 없지만 하나님의 뜻에 근거하여 행동하는 것이 됩니다. 우리의 뜻만으로 행동한다면 우리 인간은 제한된 능력으로 인간의 능력만큼만 행동합니다. 그래서 천국에 갈 수 없습니다. 천국은 우리 능력으로 가는 곳이 아니어서입니다. 도대체 죽어서 인간이 무슨 능력이 있겠습니까? 아무 생각

없이 행동했다면 우리는 우리 생각으로 행동한 것입니다. 늘 자신을 비우고 겸손하게 하나님이 내 안에 머물러 행동하시게 하면, 우리가 행동한 것이 아니라, 하나님의 은총을 힙 입어 우리를 통해 하나님이 행동한 것이 됩니다.

우리가 어떻게 해야 하나님을 만날 수 있습니까? 라는 질문에, 성 어거스틴은 "우리가 만날 만한 사람이 되었을 때 하나님이 우리 앞에 나타나신다"라고 말합니다. 우리가 하나님을 만날 만한 자격의 사람이 아니면 우리가 하나님을 만나더라도 우리는 하나님을 알아볼 수 없다고 합니다. 나에게 좋은 책이 있더라도 읽을 능력이 없다면 그 책을 읽어 이해할 수도 없고, 책을 읽어서 나를 변화시킬 기회도 없습니다. 단테의 천국도 그렇습니다. 그곳이 아무리 좋은 곳이더라도 우리가 좋아하는 곳이 아니면 천국이 아닐 것입니다. 지옥의 마음을 가지고 천국에 간들 행복할 수 있겠습니까? 천국은 하나님 나라인데 우리 마음이 우리로 가득하고 하나님이 없다면 우리는 행복할 수 없습니다. 제한되고 한계가 있고 부족함으로 가득한 인간의 마음으로 천국에 갈 수 없습니다. 우리 마음은 우리가 아니라 하나님으로 채워야 합니다.

예수가 구약의 성인들을 구원하여 천국으로 데려가기 위하여 지옥에 가서 세례를 준 사건은 다음 성경에 근거하고 있습니다.

성령으로 죽은 자 가운데 다시 살아나신 예수는 지하의 세계로 내려가서 그곳에 있는 영혼들에게 말씀하셨다. -「베드로전서」
3:19

그리고 예수가 림보에 온 사건은 기원전 19년에 죽은 버질이 림보
에 와서 53년이 지나서의 일이었습니다.

내가 림보에 머물러 있은 지 얼마 되지 않아 나는 승리의 월계
관을 쓰고 오신 예수님을 보았다. 예수는 우리 가운데서 우리의 부
모 아담과 이브, 그들의 아들 아벨, 노아, 충성된 자로 우리에게 율
법을 준 모세, 우리의 조상 아브라함과 다윗 왕, 야곱과 그의 아버
지 이삭과 그의 아들들, 그녀를 얻으려고 7년을 노력한 야곱의 아
내 라헬, 그 이외에 많은 영혼들을 이곳으로부터 천국으로 데려가
축복하였다. 이 사건 이전에 어느 누구도 이곳으로부터 구원받아
천국에 간 영혼은 없었다. -「지옥」 캔토 4:46-63

단테와 버질은 호머를 비롯한 4명의 유명한 시인들이 림보의 세계
를 나와 그들을 환영하는 환대를 받습니다. 단테는 이들 가운데 6번
째 시인이 되는 영예를 받습니다.

그때 나는 호머(Homer)의 목소리를 들었다. "위대한 시인 버질
을 환영하자! 우리를 잠시 떠나 있었던 그의 영혼이 돌아왔도다!"
그가 말을 마치고 조용해지자, 4명의 위대한 시인들이 나와 버질
에게 다가왔다. 그들의 표정은 슬픔도 즐거움도 아니었다. 나의

위대한 선생 버질이 나에게 말했다. "3명들 앞에 그들의 선생으로 손에 칼을 들고 오는 영혼을 보라. 그가 바로 최고의 시인 호머이다. 다음이 도덕의 시인 호레이스(Horace)이고, 세 번째가 오빗(Ovid)이고, 마지막이 로마의 풍자시인 루칸(Lucan)이다. 그들 모두 나와 함께 시인들 무리에 속해있다. 나와 잘 지내자고 환대의 말을 한 시인이 호머이다." -「지옥」 캔토 4:82-93

단테의 『신곡』에 머물러 있는 인물들은 시간과 공간을 초월하여 죄의 형벌과 선행의 보상의 분류체계에 따라 나뉘어 있습니다. 같은 죄를 지은 죽은 영혼들이 같이 벌을 받고 있고, 같은 선행을 실천한 사람들이 같은 보상을 받으며 같은 무리를 이루어 있습니다. 우리가 살아서 무엇을 했느냐가 우리가 있을 곳입니다. 앞으로 우리는 죄의 분류체계를 통하여 죄의 다양성을 체험하게 됩니다.

# V

**단**테와 버질은 첫 번째 원형 계곡 림보(Limbo)를 떠나 두 번째 원형 계곡 정욕(Lust)의 죄를 범한 영혼들이 머무는 곳에 도착합니다. 사실상 이곳이 첫 번째 지옥입니다. 지옥문 바깥에 미노스(Minos)가 앉아 있습니다. 그는 죄인들이 그의 앞에 와서 자신들의 죄를 고백하면, 죄질에 따라 구덩이 위치만큼 자신의 꼬리를 틀고 앉아 죄인들이 갈 곳을 지시합니다. 미노스는 두 시인을 막지만 버질이 하나님의 뜻에 따라 지옥을 방문한 것이라는 말에 그들을 통과시킵니다.

지옥은 거꾸로 뒤집어 놓은 원뿔과 같습니다. 아래로 내려갈수록 죄질도 고약하고, 앞보다는 협소한 원형구덩이를 이룹니다. 지옥이 어떻게 생겼는가는 캔토 11에서 버질이 구체적으로 이야기합니다. 그러니 짧게 요약하여 말하겠습니다. 우리는 캔토 1에서 단테가 숲 속에서 길을 잃고 3짐승을 만난 것을 기억합니다. 단테는 이들 3짐 승이 표상하는 방식의 죄로 크게 죄를 3가지로 나누었습니다. 단테 가 제일 먼저 만난 표범(Leopard)은 이성을 잃고 욕망에 사로잡혀 무 절제(Incontinence)의 죄를 표상합니다. 그리고 자신과 이웃과 하나님 각각에 폭력(Violence)을 저지른 죄를 표상하는 사자를 만나고, 다음 으로 거짓과 사기와 배신과 배반의 죄(Fraud)를 표상하는 암늑대를 만납니다.

중세의 죄 분류 방식은 전통적으로 7가지 중죄(Seven Deadly Sins) 에 근거합니다. 영어의 앞 글자를 쓰면 'Peas Agl'입니다. 자만(Pride) 시기(Envy) 화냄(Anger) 게으름(Sloth) 탐욕(Avarice) 식탐(Gluttony) 정 욕(Lust)입니다. 연옥은 이들 죄의 분류방식을 따릅니다. 죄질이 가장 나쁜 자만이 연옥의 맨 아래 위치하고, 연옥의 산을 올라가면 갈수록 죄질은 가볍습니다. 그리고 연옥의 맨 꼭대기에는 아담과 이브가 쫓 겨난 지상낙원이 있습니다. 그러나 지옥은 연옥과 반대입니다. 아래로 내려갈수록 죄질이 고약합니다. 그래서 정욕의 죄인에서 시작하여 가 장 아래 자만의 죄인으로 끝납니다.

단테는 무절제의 죄인들로, 정욕, 식탐, 쌓아두거나 낭비(Avarice), 분노의 죄를 지은 4가지 죄인들을 2부터 5까지의 원형 계곡에 배정 하고(제1계곡은 림보입니다), 6번째 계곡에는 7가지 중죄에는 없는 이교도와 이단자들에게 할당하고(Heretics), 7번째 계곡에는 그곳을 3개의 원형구덩이로 나누어 자신에게 폭력을 행사한 자살자들과, 이웃에게 폭력 행사한 자들과, 하나님께 폭력을 행사한 자들을 배정하고, 8번-9번째 계곡에는 사기꾼들이 있는데, 8번째에는 단순한 사기를 10개로 분류하여 10개의 웅덩이들에 사기꾼들이, 그리고 9번째에는 복합적인 사기를 4가지로 분류하여 사기꾼들을 4개의 웅덩이에 넣었습니다. 지옥은 9개의 원형계곡입니다.

하나님 때문에, 나의 영혼이 움직여 하나님을 즐겁게 하고, 나를 즐겁게 하고, 이웃을 즐겁게 하려 노력한다면 그것은 사랑(Charity)이다. 그러나 하나님을 배제하고, 나의 영혼이 움직여 자신을, 이웃을 그리고 육체를 가진 것들만을 즐겁게 하려 노력한다면 그것이 바로 정욕(Lust)이다. – 어거스틴(354-430), 『기독교 교리』, 제3권 10:16

토마스 아퀴나스(1224-1274)는 "악이란 선의 결핍이다"라 말합니다. 선함의 행위가 없다면 바로 그것이 악이라고 합니다. 다시 말해 행함이 없다면 그것도 악이란 말입니다. 그래서 7가지 중죄의 하나로 게으름(Sloth)이 있습니다. 죄는 악덕이란 행위의 결과입니다. 우리 행동의 중심에 하나님이 없다면, 우리의 행위는 기준점이 부재하여 부족하고 무지한 행동이어서 선하다 말할 수 없습니다. 하나님이란 기준점 없이 우리가 하는 모든 행동은 선하다 말할 수 없습니다. 불완전한 인간이 기준점이 되어 하는 행동은 모두 완전하다 말할 수 없습니다. 불완전은 선이 아닙니다. 그렇다고 아무것도 하지 않으면 그것도 악입니다. 그러니 어찌하겠습니까? 아퀴나스는 그렇게 묻고 있습니다.

아퀴나스는 우리가 악을 행하여 죄를 짓지 않기 위해 두 가지를 하라 합니다. 우리 행동의 중심에 하나님을 두는 일을 습관화하고 (Habituation), 죄의 자리에 가서 죄를 범하지 않기는 불가능하니 처음부터 죄의 자리를 만들지 않도록 스스로 늘 환경조성(Conditioning)을 하여야 한다고 말합니다. 하나님의 현재는 우리의 부재이니, 늘 우리가 부재하도록 노력하면 하나님이 임재하신다고 합니다. 다시 말해 우리는 늘 우리의 한계를 극복하여, 우리 자신이 스스로 성장하는 자리를 마련하여야 합니다. 만일 우리가 우리 자신에 머물러 있으면, 그것은 우리의 영혼이 하나님을 향해 있는 것이 아니어서 죄를 범하는 일이 됩니다.

우리는 정욕의 지옥에서 사랑하였다가 죽음에 이른 사람들을 만납니다. 그들은 휘몰아치는 바람에 휩쓸려 영원히 이리저리 던져집니다. 올바르지 않은 그들의 사랑이 그들을 지옥에 있게 합니다. 근친상간을 합법화한 전설적인 아시리아 여왕 세미라미스(Semiramis), 남편의 죽음의 애도기간에 로마를 건국한 아이네아스(Aeneas)를 사랑하다 자살한 카르타고의 여왕 디도(Dido), 줄리어스 시저(Julius Caesar)와 안토니(Anthony)의 애인이었던 클레오파트라(Cleopatra), 파리스(Paris)의 애인으로 트로이 전쟁의 원인이 되었던 헬렌(Helen), 트로이의 여인 폴릭세나(Polyxena)에 대한 사랑 때문에 살해된 아킬레스(Achilles), 트로이의 왕자 파리스, 이졸데(Isolde)를 사랑하였다가 그녀의 남편에 의해 살해된 트리스탄(Tristan) 등이 그곳에 있습니다.

단테는 이곳에서 그가 어린 시절부터 들어서 알고 있던 프란체스카(Francesca of Ravenna)를 만납니다. 그리고 그는 그녀로부터 그녀의 남편의 남동생 파올로(Paolo)와 그녀와의 불륜의 사랑이야기를 듣습니다. 그녀와 파올로는 사랑하던 현장에서 그녀의 남편에게 살해되었습니다.

그의 다정다감한 마음에 급히 사랑의 불길을 쏟아 부은 사랑이, 나의 아름다움에 매료된 이 사람을 사로잡았고, 그런 방식의 사랑이 지금도 나를 고통스럽게 합니다. 그리고 사랑에 빠진 사람을 그 사랑으로부터 놓아주지 않는 사랑이, 사랑의 마법으로 나를 꼼짝 못하게 나를 붙잡아서, 당신이 지금 보고 있듯이, 나를 아직도 놓아주지 않고 있습니다. 사랑으로 우리는 죽게 되었습니다. 우리의 생명을 앗아간 나의 남편을 가장 깊은 지옥 구덩이에서 카인이 기다리고 있습니다. - 「지옥」 캔토 5:100-107

불행한 상태에서 행복했던 시절을 회상하는 일보다 더 큰 고통은 없습니다. 당신의 선생 버질은 이것을 잘 압니다. 그러나 우리 사랑이 어떻게 처음 뿌리를 내리기 시작했는지 알고 싶어 하니, 이야기하며 눈물을 쏟을지라도 이야기해보겠습니다. 우리는 어느 날

한가하게, 사랑에 사로잡힌 기사 랜슬롯과 아서왕의 왕비 귀니비어의 불륜의 사랑이야기를 읽고 있었습니다. 주위에는 우리 말고 아무도 없다 생각했습니다. 책을 읽으며 우리의 눈은 여러 번 마주쳤고 우리의 얼굴빛도 바뀌었습니다. 그러다가 우리는 도저히 우리 욕망을 자제할 수 없게 하는 한 구절을 읽었습니다. 미소만이라도 바랐던 귀니비어 왕비가 랜슬롯으로부터 입맞춤을 받았다는 문장을 읽는 순간, 나의 파올로는 온몸을 떨며 나의 입에 입 맞추었고, 그 이후 그와 나는 서로 떨어질 수 없이 같이 있게 되었습니다. 그 책과 그 책을 쓴 저자는 우리의 사랑을 연결해준 뚜쟁이였습니다. 그날 우리는 더 이상 책을 읽을 수 없게 되었습니다. ―「지옥」 캔토 5 : 121-138

단테에게 있어서 사랑은, 어거스틴의 사랑과 같이, 우리의 영혼을 하나님께로 이끌어가는 매체이어야 합니다. 진정한 사랑이란 우리의 영혼을 하나님을 향하게 하는 사랑이어야 합니다. 정욕의 지옥에서, 프란체스코와 파올로는 책을 통하여 정욕의 죄를 지었다고, 프란체스코가 말합니다. 그들의 사랑은 하나님이 개입하지 않은 그들만의 불륜의 사랑이었습니다. 우리는 림보의 세계에서도 사랑에 관하여 시를 쓴 시인들을 만났습니다. 그들은 책을 통하여 사람들을 덕성에 이르게 하였던 사람들입니다. 우리가 무엇을 하든지 우리의 행위는 그 어느 쪽인가를 향하고 있습니다.

# VI

(성자 그레고리는 식탐(Gluttony)이 가져오는 5가지 말과 행동의 악덕들, 꼴사나움을 즐거워함, 상스러움, 더러움, 말 많음, 우둔해짐 등을 말한다.) 식탐이란 먹고 마심을 과도하게 즐거워함이다. 그레고리가 말한 5가지 악덕들은 모두 육체와 영혼에서 발생한다. 그러나 영혼과 관련한 악덕들은 4가지이다.

첫째 이성의 칼날이 무뎌진다. 음식이 우리의 머리를 아둔하게 만들어 총기가 사라진다. 반대로 절제된 음식은 사람을 총기 있게 만든다. "술을 금하여 지혜 쌓는 일에 힘써라"(「전도서」 2:3). 둘째 과도한 음식과 과도한 음주로 꼴사나운 행동과 말을 하며 즐거워한다. 아리스토텔레스는 『윤리학』(2권 5장)에서 "즐거워하거나 슬퍼하는 감정이 이성의 통제를 받지 않으면 근거 없이 즐거워하거나 슬퍼한다"라고 말했다. 성경의 외경 「에즈드라스」(「Esdras」)에서는 "술 마시면 쓸데없이 헛된 자신감이 생긴다"라고 말한다. 셋째 쓸데없이 말이 많아진다. 그레고리는 "많이 먹고 많이 마시지 않았다면, 절제 있는 생활을 하고 있다고 정평이 나있는 다이브즈(Dives)가 혀 때문에 고통 받는 일은 없었을 것이다"라고 말한다. 마지막 넷째는 육체와 관련한 더러움이다. 너무 많이 먹고 마셔 토할 수 있다. 특히 정액을 쏟아낸다. '간통과 불결함'(「에베소서」 5:4)에 대한 주석자는 "먹고 마시는 일에 욕심

**두**시인은 지옥의 세 번째 원형계곡 식탐의 죄를 지은 자들에
이릅니다. 우박과 눈과 비가 마구 뒤섞여 내려 진흙탕 속을
식탐의 죄를 지은 자들이 누워서 뒹굴고 있고, 땅은 부패하여 지독한
냄새가 났습니다. 3개의 개머리를 가진 괴물 케르베루스(Cerberus)가
울부짖으며, 비와 우박과 눈을 피해 몸을 뒤척이는 죄인들을 날카로
운 발톱으로 할퀴고 때리고 찢고 있었습니다. 이들 죄인들은 홀로 자
신에 탐닉하였던 자들이어서, 다른 사람들과 의사소통이 없이 홀로
진흙탕에서 뒹굴고 있습니다. 두 시인들은 실체 없는 그림자뿐인 이
들 영혼들을 발로 밟으며 지나갑니다. 그리고 단테는 그곳에서 어린
시절 그가 보아서 알고 있던 치아코(Ciacco)를 만납니다. 누워 있다가
앉은 치아코는 단테에게 플로렌스에서 장차 일어날 미래의 정치상황
을 말합니다. 지옥에서 죽은 자들은 미래를 볼 수 있어 단테에게 미
래에 대하여 이야기합니다. 『신곡』의 이야기는 1300년 부활절 아침
에 시작합니다. 그러나 단테가 『신곡』을 쓰기 시작한 때는 1304년입
니다. 치아코가 말한 사건은 사실상 1300-1304년 사이에 일어났던
과거의 일들입니다.

나는 세 번째 원형계곡에 있다. 방법과 종류를 영원히 바꾸지
않은 채, 저주 내리는 비가 차갑고 무겁게 내렸다. 커다란 우박 덩
어리들이 빗물과 눈으로 뒤섞여 깜깜한 하늘에서 쏟아져 내렸다.

그리고 땅에서는 고약한 냄새가 피어올랐다. 그때 사악하고 포악한 세 개의 개머리를 가진 짐승 케르베루스(Cerberus)가 진흙탕에서 뒹굴고 있는 죄인들을 향해 사납게 짖어대었다. 새빨간 눈들에 기름투성이 검은 수염과 커다란 배와 날카로운 발톱을 가진 케르베루스는 식탐의 죄지은 영혼들을 할퀴고 때리고 찢고 있었다. 비에 젖은 죄인들은 개와 같이 울부짖었고, 조금이라도 비를 피하려고 몸을 이쪽저쪽으로 뒤척였다. -「지옥」캔토 6:7-21

단테가 최후심판 이후에 이들 죄인들의 형벌은 어떠한지를 묻자, 버질은 그들은 더 심한 형벌을 받을 것이라고 말합니다.

"최후심판의 날에 천사의 나팔소리 들릴 때까지 치아코(Ciacco)는 더 이상 우박 덩어리 진흙탕 물에서 일어나지 못할 것이다. 그때 죄인들이 미워하는 재판관 예수가 오면, 이곳 영혼들은 예전의 자신들의 무덤들로 돌아가 육체의 모습을 되찾고, 예수로부터 영원한 판결을 받을 것이다." 그렇게 우리는 비 내리는 가운데 뒹굴어 더럽혀진 채 누워있는 영혼들을 느린 발걸음으로 짓눌러 밟으며, 다가올 미래에 대한 이야기를 하였다. "선생님, 최후심판 이후 이들의 고통은 어떠합니까? 더합니까, 아니면 덜합니까?" 버질이 대답하였다. "토마스 아퀴나스가 한 말을 기억하자. 피조물이 완성단계에 이르면, 즐거움과 고통도 최고의 완성단계에 이른다. 이곳의 죄인들은 아직 고통이 끝난 것이 아닌 미완성이다. 그때에는 지금보다 더한, 고통의 끝에 해당되는 완성형의 고통을 받을 것이다. -「지옥」캔토 6:94-111

식탐의 죄인들 가운데 이름이 언급되어 있는 사람은 치아코뿐입니다. 사실 누가 어떤 죄를 지어서 지옥의 어느 곳에 있느냐는 그리 중요하지 않습니다. 지옥의 인물들은 죄를 상기시켜주는 역할을 할 뿐입니다. 중요한 것은 과연 죄가 무엇인가 하는 것입니다. 구체적으로 죄를 분류하고 분석하지 않으면 우리는 죄가 무엇인지 알 수 없습니다. 죄가 무엇인지 알 수 없다면 우리는 죄를 범하고도 우리가 죄를 지었는지 알지 못합니다. 알지 못하고 죄를 지어 죄인 취급당할 수 있습니다. 모르고 죄를 지었다고 죄가 용서되지 않습니다. 우리도 가끔 일상생활에서 경험하지 않습니까? 그래서일까? 단테의 「천국」편을 보면 천국은 빛으로 가득한데 그 천국의 빛은 '지성의 빛'이라고 말합니다. 하나님을 몰랐다고 용서되지 않습니다. 천국의 가장 높은 곳에 있는 성인들은 살아서 하나님이 어떠한 분이신지 찾았던 사람들입니다. 하나님을 찾아 나섰던 지성인들입니다. 요한복음은 "태초에 하나님 말씀이 있었다"라고 시작합니다. 말씀이 있는데 듣지 않고 들리지 않는다고 말하지 말라고 합니다. 기독교의 기본교리는 사실 원죄입니다. 원죄란 "태초에 죄가 있었다"란 말입니다. 「지옥」편의 이야기가 우리의 이야기라고 했습니다. 그렇다면 우리가 죄인들이라고 말하는 것이 이상하지 않습니다. 지옥에서 남들 이야기를 읽지 말고 우리 이야기를 읽어야 합니다. 우리 자신을 읽어야 합니다.

# VII

낭비(Prodigality)와 인색(Illiberality)은 돈을 과도하게
사용하거나 지나치게 절제하여 사용하는 것을 말한다. 지
나치게 신중히 돈을 사용하는 사람을 우리는 인색한이라
말한다. 반면에 낭비라는 말은 인색함보다는 좀 더 많은
의미들을 포함하고 있다. 낭비자는 무절제하게 돈을 탕
진하는, 자신만을 위해 즐기는(Self-indulgence)자이다.
그들 두 유형 모두 최악의 사람들로, 그들이 다른 악들을
부수적으로 만들어내어서이다. '낭비자'(Prodigal)란 이
성이 아니라 욕망을 따라 자신의 자산을 마구 써버리는
사람이다. 그것은 분명 악덕이다. 그는 자신의 소유물은
자신의 생활 자산이란 생각으로, 자신이 가지고 있는 것
그 이상을 사용하여 자신을 파괴하는 지경에 이른다. 결
국 낭비는 자신을 파괴하는 행위이다. - 아리스토텔레스
『윤리학』 IV, i

지옥의 원형 계곡마다 신화에 나오는 인물들이 그곳을 지키
고 있습니다. 그들은 각각 자신들이 지키는 지옥의 죄들을
상징하고 있습니다. 지옥의 네 번째 계곡에는 탐욕(Avarice)의 죄를
대표하는, 지하의 신으로 황금의 신이고 부유함의 신인 플루토(Pluto)
가 있습니다. 지옥의 원형 계곡들을 지키고 있는 이들 신화적인 인물

들은 각각 우리가 지옥의 원형 계곡을 기억하는 데 도움이 되는 상징
적 의미를 지닙니다. 우리의 죄를 기억하기 위해 우리는 그들이 필요
합니다.

탐욕을 번역한 'Avarice'는 관대함을 뜻하는 'Generosity'와
'Liberality'의 반대말입니다. 'Avarice'는 재산축적에 과도한 욕심을
냄이란 뜻으로, 구두쇠의 의미가 강합니다. 단테는 탐욕 죄의 인물들
로 '낭비하는 자'와 '저장하는 자,' 둘로 나누었습니다. 탐욕과 구두쇠
가 동의어라는 데는 수긍이 갑니다. 그러나 낭비자라는 말에는 의아
한 마음이 듭니다. 아리스토텔레스는 이렇게 말합니다. "대부분의 낭
비자는 자신의 것이 아닌 남의 것을 낭비합니다. 자신의 것에 대하여
는 인색합니다. 그들이 탐욕스런 이유는, 돈을 소비하고 싶은데 자원
이 한정되어 쉽게 소비할 수 없어서 발생합니다. 그들은 돈을 소비할
수 없어 남의 것에 대하여 욕심을 냅니다."(『윤리학』 IV. I) 그런 의미
로 둘은 모두 탐욕의 죄로, 같은 죄의 양면입니다. 탐욕은 자신이 가
진 것에 인색하고, 자신이 가지지 못한 것을 남의 것에서 탐합니다.
그들은 소유물을 비이성적으로 처리하는 어리석음으로 자신들의 인
간됨을 포기하였던 자들입니다. 그래서 단테는 이곳의 죄인들의 이
름들을 언급하지 않고, 그들 가운데 누군가를 불러내어 이야기하지
도 않습니다. 그들은 얼굴이 없습니다.

그들 두 부류는 왜 그렇게 그들이 행동해야 했는지 이유도 없이,
단지 저장하거나 낭비하는 일만 하였던 사람들입니다. 그냥 좋아서

그런 일을 했습니다. 자신들의 쾌락을 위해 탐욕을 갖습니다. 저장하거나 소비하는 그 자체에 대하여 즐거움을 갖습니다. 그들은 지옥의 원형 계곡에서, 두 부류로 나뉘어 서로 원형의 반대방향으로 무엇인지 알 수도 없는 무거운 그 무엇인가를 가슴으로 온 힘을 다하여 굴리다가 마주치면 다시 뒤돌아 다시 굴리고, 또 부딪히면 다시 뒤돌아 부딪치기를 반복합니다. 그들에게 인간 모습이라고는 전혀 없습니다. 왼쪽은 부를 축적한 자들로 그곳에는 많은 종교 사제들이 속해 있습니다. 그리고 오른쪽은 낭비자들입니다. 그들 모두 하나님을 섬기지 않고 자기 자신만을 섬기었던, 기독교에서 말하는 영적 간음을 범한 자들입니다(뒤에 버질은 이들의 모습을 일러, 운명의 여신이 부를 조롱하는 장면이라 말합니다. 힘들게 부를 축적하지만 모두 부질없다는 의미입니다).

（호머의 『오디세이』에 등장하는) 괴물 카립디스(Charybdis)가 하루에 세 번 바닷물을 마셨다 토해내어 소용돌이치는 파도들이 서로 만나 부딪혀 깨어지듯, 그렇게 두 부류의 무리들이 원형계곡을 춤추듯 돌아 부딪히기를 반복했다. 양쪽 무리들은, 지금까지 내가 본 어느 곳보다 많았다. 그들은 소리를 질러대며 온 힘을 다하여 가슴으로 무거운 것들을 굴리고 있었다. 그러다가 반대편 무리들을 만나 부딪치자 모두 산산이 부서졌다. 그리고는 그 자리에서 돌아서 되돌아가며 외쳤다. "왜 쌓아두느냐?" "왜 탕진하느냐?" 그와 같이 그들은 다시 반대편으로 돌아, 또 다시 반원을 그리며 다시 서로 부딪히기를 반복했다. ―「지옥」캔토 7:22-35

단테가 그곳에 있는 사제들 가운데 교황들과 추기경들을 찾아보려 하자, 그들은 무엇이 중요한지 알지도 구별하지도 못하고 무분별하게 살아서 죽어서의 그들의 모습이 모호하여져서 그 누구도 알아볼 수가 없다고, 버질이 말합니다.

너는 헛된 생각하고 있다. 그들을 더럽힌 탐욕이 그들 모습을 구별할 수 없게 만들었다. 그들은 영원히 서로 부딪히는 일을 반복할 것이다. 최후심판의 날에 한 무리는 손을 꼭 움켜잡고 무덤에서 일어나고, 다른 무리는 머리털까지 뽑아 써서 빡빡머리로 일어날 것이다. 잘못 사용하고 잘못 간직하여, 그들을 좋게 둘 수 없어, 지금 보고 있듯이, 그들을 서로 부딪쳐 싸우게 하였다. 나는 그들에 대해 좋은 말을 할 수가 없다. -「지옥」 캔토 7:55-60

문학에서 부와 운명의 여신과의 관계는 자주 이야기되었습니다. 보통 운명의 여신은 운명의 수레바퀴 위에 눈을 가리고 서서 손에 세상의 부를 움켜쥐고 있는 인물로 그려져 있습니다. 그러나 이곳에서 운명의 여신은, 버질의 입을 통하여, 하나님의 섭리를 주관하는 인물로 플루토와 반대의 모습으로 이야기되고 있습니다.

단테와 버질은 4번째 탐욕의 계곡을 지나 5번째 분노의 계곡으로 갑니다. 그리고 분노의 죄인들이 머물러 있는 지옥의 두 번째 강 늪지 스틱스(Styx)로 갑니다. 이곳 늪지의 강인 스틱스에는 분노에 가득 찬 영혼들이 서로를 공격하고 있습니다. 그리고 분노의 죄가 더 심한 영혼들은 늪지의 바다 깊이 처박혀 화를 내고 있습니다. 그들의 입을 가득 채운 진흙은 그들이 화를 내며 입에서 쏟아내었던 더러운 말들을 의미합니다.

우리는 4번째 원형계곡을 가로 질러 5번째 계곡의 가장자리 샘터를 지나쳤다. 샘물은 솟구쳐 가장 검은 자주 빛 물을 도랑으로 쏟아 붓고 있었다. 우리는 그 도랑의 탁한 물결을 따라 거친 길 아래 5번째 계곡으로 들어갔다. 이 음울한 시냇물은 지옥의 회색 경사면 기슭에 이르러 스틱스(Styx)라 부르는 늪지로 흘러들어갔다. 나는 서서 그 늪을 자세히 살펴보았다. 그 늪에는 발가벗고 화난 표정의 진흙투성이 영혼들이 손과 발과 머리와 가슴으로 서로를 때리고, 이빨로 서로를 물어뜯었다. 그때 버질이 말했다 : "단테여 너는 지금 분노에 사로잡힌 영혼들을 보고 있다. 늪지의 물밑에도 영혼들이 한숨지으며 물표면 위로 기포를 보내고 있다." 그리고 늪지 물밑 땅에 처박혀 있는 영혼들이 말했다 : "우리는 살아서 우리 가슴에 분노의 연기를 가득 품고, 태양이 즐겁게 만들어 놓은 향기로운 공기를 어둡고 침울하게 더럽혔다. 그래서 우리는 검은 진흙 구덩이 속에서 침울하게 지내고 있다." 그들의 말들은 진흙 때문에 목구멍을 떠나지 못하고 웅얼거렸다. 그들은 분명하게 말들을 쏟아내지 못했다. - 「지옥」 캔토 7 : 100-126

탐욕의 지옥에 있는 영혼들은 '자신만 사랑하여'(self-indulgence) 잘못 주고 잘못 간직한 죄를 지었습니다. 모두 미래에 대한 믿음이 없어서입니다. 미래가 두려워서 현재 자신이 가지고 있는 자산들을 마구 사용하고, 미래가 두려워 미래를 준비하려고 수전노가 되어 끝없이 저장합니다. 탐욕은 미래가 불확실하여서 생겨난 죄악입니다. 우리는 앞에서 정욕의 죄와 탐식의 죄 그리고 이곳 탐욕의 죄를 보았습니다. 모두 타인을 생각하지 않고 '자신만의 즐거움을 위하여 지은 죄'입니다. 생각해보면 요즘이 그렇습니다. 모두 자신만 즐기고 있습니다. 요리가 그렇고 경제활동과 여행이 그렇습니다. 왜 먹고 마시고 여행하고 부동산 투기합니까? 이유는 한 가지 자기가 즐거워서입니다.

지난 12월 25일에 예수탄생의 의미를 엉뚱하게 생각해 보았습니다. 기독교는 죄로부터 인간이 구원되는 역사의 시작이라고 말합니다. 나는 아주 세속적으로 생각해 보았습니다. 새로이 탄생하는 모두는 다 예쁘고 아름답습니다. 동물이 그렇고 식물도 그렇고 인간도 그렇습니다. 그래서 TV 프로그램에서도 꼬마들을 등장시켜 시청률을 높이고 있습니다. 아가들이 노는 모습이 귀엽고 예쁩니다. 봄날 새싹이 움트는 것이 아름답습니다. 그래 그렇게 새싹과 같이 탄생하자, 그러면 내가 아름답지 않겠는가? 성경도 새사람이 되라 했습니다. 영원히 새사람이 되면 영생을 사는 것이 아닐까요? 매일 새롭게 탄생하면 그것이 영생의 의미는 아닐까요?

매일을 새롭게 산다는 것은 무슨 의미일까요? 그런 삶이 가능할까요? 초현실주의자들에게 성명서와 같은 충격을 안겨준 로트레아몽이란 프랑스 시인이 있었습니다. 그는 "수술대 위에 재봉틀과 우산이 엉뚱하게 만나는 아름다움"이라 말했습니다. 우리는 문법과 문장론을 따라, 말하고 글 쓰고 생각하고 행동합니다. 그러니 늘 새롭지 않습니다. 엉뚱한 만남이 민주적이지 않습니까? 그러나 우린 끼리끼리 만납니다. 엉뚱함이 없습니다. 거지와 부자가, 학자와 광인이, 상어와 돼지가 만날 수 없습니다. 새로울 것이 하나도 없습니다. 20세기 초 현실주의자들은 엉뚱한 만남을 보여주었습니다. 이후 많은 시들이 엉뚱한 만남을 주선했습니다. 나는 그곳에 구원이 있다 생각합니다. 시 없이 인간에게 구원은 없습니다. 새 삶이 없어서입니다.

# VIII

성령이여! 하늘과 지옥의 깊은 골짜기도 당신의 눈길을 피할 수 있는 곳은 없습니다. 먼저 말해주세요! 하늘에서 그렇게 귀여움 받아 행복했던 우리 선조 아담과 이브가, 하나님이 하지 말라는 한 가지를 하지 않았다면 죄짓지 않아 세상 주인 되었을 터인데, 도대체 왜 참지 못하고 그들의 창조주를 배신하였습니까? 처음 누가 그들로 하여금 하나님에게 반기 들라고 유혹하였습니까? 지옥의 사탄이었습니다. 그는 오만하게 천사들 무리들 데리고 하나님에게 반역했다가 하늘로부터 지옥으로 추락하였습니다. 그리고 인간에게는 시기심을, 그리고 하나님에게는 복수심의 악의를 가지고 우리 어머니 이브를 유혹하였습니다. 그는 하늘에서 반역 천사들의 도움 받아 자신이 다른 천사들보다 더 높은 자리인 영광의 자리에 앉으려 했으니, 만일 그가 하나님에게 대적한다면, 그는 자신이 하나님과 동등할 수 있다고 생각했습니다. 그는 야망에 불타 하나님의 왕좌와 권력을 쟁취하려고, 하늘에서 불경한 전쟁과 오만한 전투를 헛되이 시도했습니다. 전지전능의 하나님은 사탄을 잡아 하늘로부터 아래로 던졌으니 그는 머리를 아래로 처박고 불타며 바닥 모를 지옥으로 떨어졌습니다. 불이 꺼지자 모습이 끔찍했습니다. 하나님께 무기를 들고 싸웠던 사탄은 지금 지옥에서 강한 사슬에 묶여 형벌의 불길 속을 고통스럽게 살아가고 있습니다. – 밀턴, 『실낙원』, 제1권 27-49

**영**생이란 새 생명의 반복적인 탄생이 아닐까라는 말을 앞에서 했습니다. 옛것을 버려서 늘 자신을 새롭게 하자 했습니다. 우리는 보통 새것을 헛것으로 만들어 사용하는 데 익숙합니다. 오늘을 어제와 같이 만들어 오늘을 살아갑니다. 우리가 이해한다는 것도 대부분 옛것을 씌워 이해하고, 이해하지 못하면 더 이상 이해하려 하지 않습니다. 어렵다 비난합니다. 나는 가끔 성경번역에 대하여 기절초풍할 때가 있습니다. 「전도서」 3장 15절입니다. "지금 있는 것 이미 있었던 것이고, 앞으로 있을 것도 이미 있는 것이다. 하나님은 하신 일을 되풀이 하신다." 영어는 이렇습니다. "That which hath been is now; and that which is to be hath already been; and God requireth that which is past." 글쎄요? 과거를 반복하시는 분이 하나님이라는 말이 이해가 가지 않습니다. 인간들은 과거를 반복하고 있습니다. 새것이 없습니다. 끝없이 악을 저지르고 있습니다. 하나님은? 마지막 God requireth that which is past.는 "하나님이 모두는 다 과거에 있었던 것이니, 우리가 반복하지 말라."는 뜻이어야 이해가 갑니다. 「전도서」는 1장부터 세상만사 헛되다 말합니다. 하나님이 없어서입니다. 세상의 눈으로 보면 모두 헛되지만 하나님의 눈으로 보면 섭리를 봅니다.

세상은 매번 새롭게 열리고 있는데 우리는 새 세상을 구닥다리 세상으로 만듭니다. 하루는 이미 만들어진 것이 아니라 우리가 만들어야 할 질료입니다. 새것인데 왜 옛것이라 생각하고 살아가는지 모르겠습니다. 우리가 옛것이면 세상도 옛것이 되어버립니다. 내가 나 자신을 바꿀 자신이 없다면, 내가 바뀔 환경을 만들면 됩니다. 환경이 나를 바꾸게 하면 됩니다. 기독교에서 하나님이 이 방법을 많이 사용하신다고 말합니다. 우리가 알고 있는 곳만 찾지 말고 낯선 곳을 찾아야 합니다. 세상을 낯설게 만들어야 합니다. 세상을 익숙하게 생각하지 말아야 합니다. 세상 모두 신기해 하는 아이와 같아야 합니다. 그래서 아이만 천국 간다 했습니다.

우리는 지금까지 표범으로 상징되는 무절제(Incontinence)에 해당되는 정욕, 탐식, 욕망 그리고 화냄의 죄인들을 보았습니다. 버질은 캔토 8에서 이들 죄인들이 있는 곳이 상층지옥이라 말합니다. 그리고 이제는 하층지옥에서 사자를 상징하는 폭력(Violence)의 죄와 암늑대를 상징하는 사기죄(Fraud)의 죄인들을 볼 것입니다.

우리가 캔토 7에서 만나보았던, 다섯 번째 원형계곡 화냄의 죄인들이 머무는 늪지의 강 스틱스(Styx)는, 이슬람을 상징하는 모스크 사원들로 가득한 디스(Dis)라는 도시의 성벽을 빙 둘러 해자와 같이 둘러싸고 있는 강입니다. 하층지옥은 모스크들이 상징하듯 이단자들의 도시입니다. 그래서 단테가 디스에 들어와 6번째 원형계곡에서 만나는 죄인들은 이단자들(Heretics)입니다. 그리고 7번째 계곡에서 3부류의 폭력을 만납니다. 이웃에게 폭력을 행사한 자들과, 자신에게 폭력을 행한 자살자들과, 하나님과 인간 본성과 생활방식에 폭력을 가한 자들로 신성모독한 자들과 이상성애자(Sodomites)들과 고리대금업자들이 그들입니다. 8번째 계곡에는 10부류의 사기꾼들이 있습니다. 뚜쟁이와 색마, 아첨꾼, 성직 매매한 자, 점술가, 관직 매매한 자, 위선자, 도둑, 사기 교사자, 불화 유포한 자, 거짓말한 자 등 10부류입니다. 그리고 아홉 번째 마지막 계곡에는 3부류 반역자들로, 나라에 반역한 자들, 손님을 해한 자, 그리고 주인들이나 은혜를 베푼 자에게 반역한 자들이 있습니다.

연옥의 산은 이교도의 일곱 중죄(Seven Deadly Sins)들이 중죄로부터 시작하여 정상은 작은 죄로 끝납니다. 지옥과 반대입니다. 지옥은 작은 죄로부터 시작하여 아래로 내려갈수록 중죄에 해당합니다. 연옥 산은 아래 자만(Pride)부터 시기(Envy) 화냄(Anger) 게으름(Sloth) 탐욕(Avarice) 탐식(Gluttony) 그리고 정욕(Lust)으로 끝납니다. 기억하기 쉽게 첫 글자를 조합하면 Peas Agl입니다. 그리고 연옥의 산 마지막 가장 작은 죄 정욕의 죄가 씻기면 연옥의 정상에 갑니다. 정상은 아담과 이브가 있다가 죄지어 쫓겨난 에덴동산입니다. 그리고 연옥 다음이 천국입니다. 천국 첫 번째 하늘은 달(Moon)로부터 시작하여, 수성(Mercury), 금성(Venus), 태양(Sun), 화성(Mars), 목성(Jupiter), 토성이고, 8번째 하늘은 '항성'(Fixed Stars)이고, 9번째 하늘은 '최초 동인'(Primum Mobile)이고 10번째가 하나님이 계신 천국(Empyrean)입니다.

우리는 이곳에서 단테가 죄에 대하여 연옥의 구도와 지옥의 구도를 다르게 그리고 있음을 봅니다. 단테의 지옥을 보면, 연옥을 거꾸로 하여, 정욕, 탐식, 탐욕까지는 순서를 맞추었다가 게으름이 빠지고 화냄이 다섯 번째 지옥 원형계곡에 할당되었습니다. 단테는 지옥을 구성할 때 그가 지옥에서 처음 만난 3동물들을 표상하는 무절제(표범)와 폭력(사자)과 사기(암늑대)에 해당되는 죄를 7가지 중죄들보다 더 의미 있게 생각했습니다. 사실 우리가 알고 있는 7가지 중죄들이란 기독교 이전에 악덕들로 생각하였던 것들입니다. 덕목도 그렇습니다. 기독교 이전 이교도 4가지 덕목들은 지혜(Prudence), 정의(Justice), 용기(Fortitude), 절제(Temperance)이고, 기독교 3덕목은 사랑, 믿음, 소망입니다. 단테는 연옥에서 이교도의 악덕들을 기독교의 죄들로 재해석하고 싶었다는 생각이 듭니다.

지옥과 천국은 연옥과 매우 다릅니다. 연옥은 죄를 씻고 천국으로 갑니다. 많은 사람들이 연옥에 머물러 죄를 씻습니다. 모두 자신이 원하여 지옥과 천국과 연옥에 갑니다. 자신이 죄가 없다고 말하는 사람이 있다면 그 사람은 100% 지옥에 갑니다. 천국은 우리가 가는 것이 아닙니다. 하나님의 은총으로 갑니다. 그렇다면 최후의 심판은 무엇입니까? 그날에 예수는 산자와 죽은 자를 심판합니다. 죽은 자 가운데 지옥에 있는 자는 무덤으로 돌려보내 육체의 옷을 입혀 심판하여 다시 그를 지옥으로 보내고, 죽은 자 가운데 천국에 있는 자는 무덤으로 돌려보내 육체의 옷을 입혀 심판하고 다시 그를 천국으로 돌려보냅니다. 연옥에 있는 자는 죄를 씻고 천국으로 갈 때까지 연옥에 머물러 있습니다. 심판 후 지옥과 천국에 돌아온 자들은 완성된 형태의 저주와 축복을 받습니다. 극단의 고통과 극단의 행복을 경험합니다.

「지옥」 캔토 8은 지옥의 죄인들 이야기가 아닙니다. 우리는 캔토 7에서 분노의 죄를 지은 죄인들이 늪지의 강에 진흙투성이로 빠져 있는 것을 보았습니다. 그리고 이후 하층지옥이 시작되는 도시 디스(Dis)의 성벽을 빙 둘러 스틱스 강이 흐른다고 했습니다. 디스란 지하세계를 통치하는 로마의 신화인물 플루토(Pluto)의 별칭입니다. 두 시인이 이 도시로 들어가기 위해서는 배편이 필요했습니다. 스틱스의 뱃사공은 플레지아스(Phlegyas)입니다. 플레지아스는 희랍신화에 나오는 보이오티아(Boeotia)의 왕입니다. 그는 전쟁의 신 아레스(Ares)와 인간 어머니 사이에서 태어났습니다. 그의 딸 코로니스(Coronis)를 아폴로가 사랑하자, 그는 화가 나서 아폴로 신전을 불태웁니다. 그 것은 불경스런 이단자들(Heretics)이 하는 행동입니다. 아폴로는 활을 쏘아 그를 살해합니다. 그렇게 플레지아스는 지옥의 화냄의 계곡과 디스 사이를 오가는 뱃사공이 되었습니다.

도시 디스의 성문 앞에 이르러 두 시인이 도시로 들어가려할 때 타락천사들이 그들의 길을 막습니다.

나는 하늘에서 비처럼 떨어진 수천 이상의 타락 천사들이 성문 위에 있는 것을 보았다. 그들은 화를 내며 소리쳤다. "죽은 자들의 왕국에 죽음을 맛보지 않은 자가 가고 있으니, 이 자가 누구냐?" 그러자 현자 나의 선생 버질이 손짓하여, 그들과 따로 말하고 싶다 했다. 그러자 그들은 그들의 격한 분노를 조금 누그러뜨리며 말했다. "당신만 혼자 오고, 미쳤다고 이곳으로 들어온 자는 홀로 돌

아가라 하시오. 그리고 그가 우리가 말한 대로 하는지 잘 지켜보시
오. 이 어두운 지옥 길을 안내하였던 당신이 머물 곳은 이곳이 아
니겠소." -「지옥」캔토 8:82-93

그러자 버질은 단테에게 두려워 말라 말하고, 혼자 길을 가거나 돌아
가게 하지 않겠다고 말하면서 그는 단테와 함께 하겠다고 말합니다.

　　충실한 아버지 버질은 나를 남겨두고 홀로 타락천사들에게 갔
다. 나의 마음은 의심으로 가득하여 이 생각 저 생각으로 머리가
복잡했다. 그가 그들에게 무슨 말을 했는지 알 수 없으나, 그들과
얼마 있지 않아, 타락천사들 모두는 황급히 성문 안으로 들어가 성
문을 닫았다. 그들은 버질 바로 앞에서 성문을 닫았다. 성문 바깥
에 홀로 있던 버질은 천천히 나에게 돌아왔다. 그는 땅을 바라보며
왔고, 그의 이마에 가득했던 용감함도 사라졌다. 그는 한숨을 섞어
가며 사이사이 말했다. "지옥의 땅을 보여주려 하지 않는 이들은
과연 누구인가? 그리고 그는 나에게 말했다. 내가 당황해 한다고
걱정하지 마라. 우리가 가는 길을 막으려고 성안에서 그들이 무슨
술수를 부리든지, 나는 이 싸움에서 이길 것이다. 그들이 이렇게
겁 없이 구는 것은 새롭지 않다. 예수가 지옥문의 빗장을 열고 지
옥에 숨길 것이 없게 하였을 때도, 그들은 지금같이 길을 막았다.
너는 예수가 지옥에 왔던 일에 대하여 이미 림보의 세계에서 들어
서 알고 있다. 이미 우리를 구원할 천사가 하늘로부터 지옥으로 내
려와, 안내자 없이 지옥의 계곡들을 지나고 있다. 그 천사가 우리

를 위해 이 성문을 열어줄 것이다." -「지옥」켄토 8:109-130

이곳 디스의 도시의 성문에서 두 시인들이 가는 길을 막고 있는 천사들은 하늘나라에서, 하나님과 같은 지위에 있고 싶어 하나님과 대항하여 싸움을 벌인 사탄과 함께 하였던 천사들입니다. 그들은 싸움에 패하여 사탄과 함께 지옥에 떨어졌습니다. 그래서 그들을 타락천사(Fallen Angels)라 부릅니다. 그들은 하나님께 대항하였던 이단자들(Heretics)입니다. 하나님과 싸워보았자 영원히 질 것임을 깨달은, 지옥에 떨어진 사탄은 하나님께 복수하려고 하나님의 형상을 닮은 인간을 타락시켜, 아담과 이브를 에덴동산에서 떠나게 하였습니다. 밀턴의 『실낙원』은 사탄의 무리들과 하나님과의 전쟁과, 전쟁 이후 전쟁에 패한 사탄이 하나님께 복수하려 에덴동산에 와서 하나님이 아끼는 아담과 이브를 유혹하여 죄짓게 하여, 그들이 낙원을 떠나게 한 사건을 이야기하고 있습니다. 그러나 낙원을 떠나기 전 아담은 천사로부터 다시 낙원이 회복되는 구원의 역사에 대한 약속의 말을 듣습니다. 아담과 이브는 떠나며 그들이 살았던 에덴동산의 동쪽을 바라보며, 『실낙원』 이야기는 끝납니다.

지금까지 지옥에서 두 시인의 길을 막는 자가 있으면, 그때마다 버질이 나서서 그들이 지옥을 가는 것은 하나님의 뜻이고 의지라고 말하면 그들을 지나가게 해주었습니다. 그러나 이곳 타락천사들에게는 이 말이 통하지 않습니다. 그들은 하나님에 대한 믿음이 없는 이단자들(Heretics)입니다. 이단자들은 하나님의 믿음이 없어 하나님의 의지를 말해도 이해하지 못하여 믿지 않습니다. 사탄이 자신이 지옥의 지배자라 말하지만, 사실 그 사탄을 지배하는 분은 하나님입니다. 이단자들은 자신들이 스스로 하나님을 믿지 않는다 말합니다. 그러나 이단자들도 하나님의 섭리로 그렇게 된 것입니다. 그들 스스로 이단자가 된 것이 아닙니다. 사탄은 패하고도 하늘나라에서 제2인자 천사였던 옛것에 매달려 새로운 사실을 받아들이지 않습니다.

# IX

이스라엘 민족을 향해 하나님이 말씀하신다. 너희가 네 조상을 따라 몸을 더럽히려 하느냐? 그 더러운 우상을 섬겨 너희가 간음한 자와 같이 되려 하느냐? 너희는 제물을 바치고, 너희 자식들을 불 가운데 지나가도록 시키면서, 아직도 네가 섬기는 우상들로 너희를 더럽히려 하느냐? - 「에스겔」 20:30-31

남쪽 숲을 향해 불행한 사건이 있으리라는 예언의 말을 해라. 하나님 음성을 들어라. 하나님이 말씀하신다. 보라, 내가 그 숲에 불을 지르겠다. 마른 가지는 물론 푸른 가지까지 모두 불태우겠다. 불길이 꺼지지 않을 것이다. 남쪽에서 북쪽에 있는 모든 생명들이 불속에 갇힐 것이다. - 「에스겔」 20:47

은퇴하기 전 원주 교수 기숙사에서 머물러 있을 때 특별히 문제가 있지 않은 한 매일 아침 일찍 일어나 학교 뒷산 임도를 1시간가량 걸었습니다. 건강도 건강이지만 아침 일찍 일어나 맑은 정신으로 하루를 계획하는 일이 즐거웠습니다. 가끔 재수 좋은 날에는 가져간 수첩에 몇 줄의 글도 썼습니다. 산 정상까지 30분가량을 오르고, 다시 왔던 길을 되돌아옵니다. 그 이유는 산 정상 나머지 반은 내가 좋아하지 않은 산세여서입니다. 나무들이 너무 많이 우거져 어둡고 습도가 높습니다. 산을 오르다 보면 사람들이 임도 주위에 버린 쓰레기들과 물병들이 있습니다. 그래서 산을 오르기 전에 반드시 호주머니에 비닐봉투를 넣어가서, 산을 오르며 유심히 쓰레기들 있는 곳을 보아두었다가, 산을 내려오며 산 오르며 보아두었던 쓰레기들을 봉투에 넣어 가져왔습니다. 은퇴를 하고 지금은 집 뒤 안산 둘레 길을 걷습니다. 어김없이 사람들이 쓰레기들과 물병들을 길 위에 버리고 갑니다. 그리고 그 누구도 줍지 않습니다. 가면서 쓰레기를 보아두었다가 같은 길을 돌아올 때 쓰레기를 주워옵니다. 아주 멋있게 차려입고, 개들을 데리고 선글라스까지 낀 많은 남녀노소들이 산책하지만, 돌아올 때 보면 그 누구도 내가 가며 보았던 쓰레기들을 줍지 않아 쓰레기들이 아직도 그 자리에 있습니다. 오늘도 산책 갔다가 쓰레기들을 비닐통투에 넣어 와서 아파트 쓰레기통에 넣었습니다. 은퇴 후 나의 쓰레기 줍기 버릇은 이곳에서도 진행되고 있습니다. 그 누구도 길가에 쓰레기들이 널려있는 것을 좋게 생각하는 사람은 없습니다. 그러나 줍는 사람은 많지 않습니다. 세상에 널려있는 죄악들을 보고 그것을 좋게 생각하는 사람은 없습니다. 그러나 정작 그 죄악들을 지적하고 그것들을 제거하려고 노력하는 사람들은 많지 않은 것 같습니다.

　　인구 수만큼이나 많은 수백만 기독교인들이 살고 있는 현재의 기독교 국가는, 의미들을 뒤틀고 있는 잘못된 철자들로 가득하거나 생각 없이 생략하고 덧붙여서 오용된 의미들로 가득한 비참할 정도로 망가진 한 권의 책과 같다. 그리고 기독교를 너무나 남발하여 기독교의 의미가 전혀 없다. 작은 나라에서 3명의 시인들이 탄생하기도 쉽지 않으나, 자격 없는 목사들은 많아 차고 넘친다. 시인은 소명을 받아야 한다고 말한다. 대부분의 기독교인들은 목사가 되기 위해서는 단지 목사시험만 통과하는 것으로 충분하다는 생각을 갖고 있다. 그러니 소명을 받은 진정한 목사를 만나는 일은 소명 받은 진정한 시인 만나는 일보다 훨씬 어렵다. 소명이라는 말은 사실 종교에서 처음 사용되었던 말이다. 그러나 지금 기독교인들은, 시인이 되기 위해서 그는 소명을 받아야 한다고 생각한다. 다른 한편 기독교인들이 보기에, 목사들은 목사직을 '단지' 생활수단으로 생각할 뿐, 조금치의 신비함도 없이, 소명을 받고 하는 직업은 아니라는 생각이 들게 행동을 한다. 이제 목사의 소명은 하나의 직업의 의미가 되어버려, 누구나 선택할 수 있는 직업으로, 언제라도 포기할 수 있는 직업이라고 말들 하고 있다. - 키르케고르 (1813-1855), 『죽음에 이르는 병』(1849), 'A 부록'

캔토 8에서 우리는 사탄의 이름을 따라 만들어진 디스(Dis)라는 이름의 도시 앞에서 타락천사들에 의해 저지 받아 도시 안으로 들어가지 못하고, 성문 앞에 서성이는 단테와 버질을 보았습니다. 당황해 하는 단테를 보고 버질이 말합니다. "이제 우리는 디스의 도시로 들어가기 위해 싸워야 한다. 그리고 그럴 수 없다면…" 하고 버질은 망설이는 말을 하면서, 그들을 도와줄 천사를 기다리자고 합니다. 기다리는 동안 단테가 버질에게 묻습니다.

"유일한 형벌이라고는, 천국을 갈 수 없어 단지 욕망만이 고통인 그곳, 지옥 첫 계곡 림보로부터 이곳 음침한 6번째 하층계곡까지 내려온 영혼이 있었습니까?"라고 내가 묻자 버질이 대답했다. "우리가 지금 가고 있는 이 길을 어느 영혼이 갈 수 있었겠느냐? 그러나 죽은 육체에 영혼을 돌려줄 수 있는 능력을 갖고 있는 마녀 에리톤(Erithon)이 나를 이곳에 한 번 오게 해주었다. 나의 육체가 영혼을 잃고 얼마 되지 않아서 그녀가, 모든 것의 주위를 돌고 있는 '제1원인 하늘'(Primum Mobile)로부터 가장 멀리 떨어지고 가장 깊고 가장 어두운 지옥의 마지막 9번째 계곡, 유다의 계곡으로부터 한 영혼을 빼내오도록 나를 보냈을 때, 나는 이곳을 지났다. 나는 이미 한 번 가보아서 이 길을 알고 있으니, 너무 걱정마라. 지독한 냄새 풍기는 늪지의 강 스틱스가 이 통곡의 도시를 빙 둘러 흐르고 있다. 우리가 이 도시에 들어가기 전 우리는 한바탕 소동을 치러야 한다." 그리고도 버질이 더 많은 말을 했지만, 나는 더 이상 생각이 나지 않는다. 왜냐면 그때 나는 앞에 있는 정상이 불타는 높은 탑만을 바라보느라 정신이 없었다. 그곳에서 갑자기 피범벅 한 세 명의 끔찍한 분노의 여신들(Furies)이 나타났다. 밝은 초록빛 뱀들로 치장한 세 여자들은 머리카락은 모두 작은 뱀들이었고, 뿔 달린 뱀들이 끔찍하게 그녀들의 이마들을 장식하고 있었다. 그들은 지하세계에서 영원히 탄식하는, 플루토(Pluto)의 아내 페르세포네(Proserpine)의 하녀들이었다. 그녀들을 알고 있던 버질이 말했다. "저기 희랍의 분노의 세 여신들 이리니스(Erynis)들을 보아라. 불같이 화를 내고 있는 왼쪽이 메게라(Megera)이고, 울고 있는 오른쪽이 알레토(Aletto)이고, 가운데가 테시포네 (Tesifone)이다.” 분노의 여신들은 가슴을 자신의 손톱으로 찢고, 자신의 손바닥으로 자신들을 때리고, 너무나 크게 울부짖어 나는 두려워 버질 가까이로 갔다. -「지옥」캔토 9 : 18-51

그리고 분노의 여신들은 두 시인들을 보자, 메두사를 불러 두 시인 들을 불구로 만들겠다고 위협합니다. 그러자 버질은 그의 손으로 단 테의 얼굴을 가립니다. 그때 그들을 구하려고 요란한 소리를 내며 천 사가 다가와, 작은 지팡이로 성문을 때려 열고 타락천사들을 꾸짖습 니다. 천사는 돌아가고 두 시인이 도시로 들어가자, 무덤의 관들이 열 린 채 관들로부터 불꽃이 튀어 오르며 고통의 탄식소리들이 6번째 지옥의 넓은 들판을 진동합니다. 이단자들이 머무는 불길 가득한 지 옥입니다.

우리는 더 이상의 말다툼 없이 6번째 원형계곡으로 들어왔다. 나는 성벽 안에 있는 영혼의 상태를 알고 싶어 안으로 들어가자마 자 두리번거렸다. 그 넓은 곳 사방이 온통 고통과 통곡으로 가득했 다. 무덤들이 들쑥날쑥 고르지 않게 널리 퍼져있는, 론 강(Rhone) 이 늪지를 만들어 무덤들이 많은 아를(Arles)과, 이탈리아와 경계 를 짓고 흐르는 강 쿠아르네로(Quarnero) 근처 무덤 많은 폴라 (Pola)와는 비교가 되지 않게 이곳은 더 끔찍한 장면들을 연출하고 있었다. 무덤들에서는 용광로에서 철을 녹이는 데 필요한 불보다 더 뜨겁게 불길들이 사방으로 튀어나와 그곳을 더욱더 뜨겁게 만들었다. 모든 무덤은 열리고 그곳으로부터 비참하여 고통스러워하는 사람들이 질러대는 처절한 탄식의 소리들이 크고 강하게 흘러나왔다. "선생님, 우리가 듣고 있는 저 처절한 고통을 받고 탄식하고 있는, 관속에 갇혀 있는 저들 영혼들은 누구입니까?" 버질이 말했다. "이들은 다양한 종류의 이단의 우두머리들과 추종자들이다. 무덤들 안에는 네가 생각한 것보다 많은 영혼들이 묻혀있다. 유사한 이단자들이 함께 있고, 어느 무덤은 다른 무덤보다 더 뜨겁다."
－「지옥」 캔토 9:106-131

종교에서 물과 불은 모두 죄를 씻어주는 정화의 매체 역할을 하였습니다. 그러나 그들은 부정적인 의미로 형벌의 의미로도 사용됩니다. 노아의 홍수가 그렇고, 유황과 불로 파괴된 소돔과 고모라 이야기가 그렇습니다. 물론 「출애굽기」 3장에서와 같이 모세 앞에 불꽃으로 나타나신 하나님의 모습이 있기는 합니다. 그러나 중세는 이단자들의 종교재판이 만연하였고 그때마다 이단자들은 화형을 당하였습니다. 불은 긍정적인 의미보다는 부정적인 의미로 지옥의 상징으로 더욱 더 사람들 마음에 각인되어 왔습니다. 다음은 밀턴의 『실낙원』에서 지옥에 떨어진 사탄의 모습니다.

인간의 시간 개념으로 9일 간의 낮과 밤 동안 사탄과 그의 사나운 부하들은, 불멸의 존재이기는 하지만, 하늘에서 쫓겨나 어쩔 줄 몰라 하며, 하늘에서 떨어져 온 지옥의 불구덩이에서 뒹굴며 패배감으로 가득하여 누워있었다. 이제 사탄에게는 더 화를 낼 일들만

남아있었다. 행복을 잃고 고통은 영원하리라는 생각에 너무나 고통스러웠다. 그는 고집스러운 자만심과 강한 증오심이 뒤섞인 채, 그의 사악한 눈으로 사방에 널려있는 거대한 고통과 당황스러움을 목격하였다. -『실낙원』 제1권, 50-58

지옥 6계곡에서 두 시인이 지상에서 하나님을 부정하였던 이단자들의 모습을 만나기 전, 하늘나라에서 하나님을 부정하였다가 하늘에서 지옥으로 떨어진 타락천사들을 만나는 것은 자연스럽습니다. 그러나 분노의 자매들(Furies)과 메두사(Medusa)의 만남은 어떻게 설명해야 할까요? 희랍 신화에서 분노의 세 자매들은 부정적인 모습이 아니라 긍정적인 모습이었습니다. 그들은 모두 젊은이가 노인에게, 자식이 부모에게, 주인이 손님에게, 공무원이 국민에게 무례한 짓을 하여 불만이 있을 때, 약자를 대신하여 복수해주는 역할을 하였습니다. 아니면 알렉토(Alecto)는 도덕적인 범죄자를 징계하고, 메가이라(Megaera)는 맹세를 깬 자나 도둑 그리고 불신자를 징계하고, 티시포네(Tisiphone)는 살인자를 징계하는 역할을 하였습니다. 그러나 단테는 이곳에서 이교도 시대의 신화 인물들을 기독교로 재해석하여, 절망(Despair)과 회한(Remorse)의 상징으로 삼았습니다. 그렇다면 메두사(Medusa)는? 신화에서 메두사는 미모가 출중하여 아테네와 미모를 겨루고 싶어 했다가, 아테네의 도움으로 페르세우스로부터 목이 잘리는 화를 당하였습니다. 아마도 여신에게 대항하여 불신자의 불명예를 받은 것 같습니다.

키르케고르의 책 『죽음에 이르는 병』의 제목의 의미는, 무신론자가 하나님에 대한 믿음이 없어서 고통을 겪게 되는 '절망'을 말합니다. 무신론자가 절망이라는 죄에 빠지는 이유는 두 가지입니다. 하나는 자신의 한계성을 인식하고 허약함에 빠져, '자신이 되고 싶지 않은 절망감'이고, 다른 하나는 자신의 한계성을 거부하는 것도 모자라, 하나님을 거부하고 자신만 신뢰하는 '자신이 되고 싶어 하는 절망감'이라고 말합니다.

비가 아주 많이 내리는 어두운 밤 포장되지 않은 길을 마차 한 대가 갑니다. 그리고 이튿날 비가 멈추고 해가 나서 길이 마르고 지난 밤 마차 바퀴가 만들어 놓은 두 개의 마차 길이 땅속 깊숙이 뚜렷이 나있습니다. 이후 마차를 몰고 가는 사람들은 그들의 마차의 두 바퀴를 이 두 홈에 넣고 갑니다. 우리가 지금 가고 있는 길도 마찬가지로 누군가 앞서 이 길에 만들어 놓은 푹 파여 있는 그 길은 아닙니까? 우리는 이미 만들어진 이 길을 선조들이 만들어 놓은 지혜라고 말합니다. 그리고 새로운 길이 만들어지려면 아마도 어두운 밤에 비가 또다시 심하게 내려 앞으로 길이 보이지 않는 혼돈의 시대를 맞이하여야 할 것 같습니다. 그때까지 우리는 움푹 파여 있는 이 길로 마차를 끌고 가며 습관이라 말하고 관습이라 말하고 또 지혜라고 말합니다. 내가 할 수 있는 일만 내가 한다면, 그것은 본능에 충실한 동물과 같습니다. 소위 우리가 인간의 본성을 따른다는 말도 같은 말입니다. 우리가 인간의 본성을 따른다고 말할 때, 우리는 우리가 가지고 있는 신성을 배제하고, 유한하고 필멸하고 세속적인 인간을 말합니다.

키르케고르는 인간이란 모순 덩어리라 말합니다. 유한과 무한, 세속과 신성, 얼음 같은 이성과 불 같은 열정, 불멸과 필멸, 기쁨과 슬픔, 가능성과 필연성이 모두 어우러져 있는 복합체라 합니다. 인간은 이 둘 가운데 어느 하나가 아니라 둘입니다. 그러나 하나님을 믿지 않고 유한한 인간의 본성만을 믿는 사람은 어떠합니까? 키르케고르는 그런 사람을 다음과 같이 말합니다.

> 자신의 한계를 알고 한계 이상에 마음을 두지 않는 사람은 현실적인 인생을 사는 데 아무 문제가 없다. 그는 모든 일을 아주 쉽게 할 수 있다. 그는 너무나 인간적인 모습을 가지고 있어서, 사람들로부터 칭송을 받고, 좋게 평가 받고, 존경을 받는다. 그의 목표는 모두 현실적인 삶이다. 사실 세상은 그런 사람들 세상이다. 그들은 세상에 자신을 맡긴 채, 자신의 능력을 사용하고, 세심히 계산된 인생을 살아간다. 그리고 역사에는 그들 이름들만이 남는다. 그러나 그들은 진정 그들 자신이 아니다. 그들이 세상이고, 세상이 그들이다. 영적인 의미로 그들은 자신들이 되기를 포기하였다. 그들은 자신들을 위하여 아무것도 하지 않았다. 하나님을 위하여 하지도 않았다. 세상을 위해 했다. 그들은 자신들이 아니라, 세상이 되게 한 사람들이다. 그들이 세상이고, 세상이 그들이다. – 키르케고르(1813-1855),『죽음에 이르는 병』(1849), 'C. 질병의 형태들'

우리가 지금 가고 있는 이 길은 어떠합니까? 이미 만들어져, 다른 길을 허용하지 않는 홈이 파여 있는 한계가 분명한 길을 우리가 가고 있는 것은 아닙니까? 우리는 매일 우리가 가고 있는 길을 가며 이 길은 아니다 그렇게 말하며 새 길을 모색하여야 합니다. 우리는 매순간 가던 길 위에서 멈추어 서서, 아 이 길은 아니다 그렇게 말해야 합니다. 사실 그렇게 말하는 것이 하나님을 믿는 믿음을 증거하는 일입니다. 아주 멋진 키르케고르 글 하나를 더 보겠습니다.

> 가장 중요한 것은 다음이다. 하나님은 모두가 가능하다. 이 사실은 영원한 진리이고 매순간 진리이다. 사람들은 일상생활에서 이 사실을 의심하지 않는다. 그리고 그렇게 말한다. 그러나 그들에게 결정적인 위기의 순간이 올 때가 있다. 다시 말해 그들에게 더 이상의 가능성이라고는 찾아볼 수 없는 절대 절명의 순간이 왔다고 하자. 그때 그들이 하나님은 모두가 가능하다고 그렇게 말할 수 있는 믿음을 가질 수 있느냐이다. 그런 믿음이 있다면 그는 자신의 이성적 판단을 모두 버려야 한다. 믿음이란 하나님의 역사가 시작되도록 우리가 우리의 이성적 판단을 버려야 한다. – 키르케고르 (1813-1855), 『죽음에 이르는 병』(1849), 'C. 질병의 형태들.'

그렇다면 우리가 하나님을 믿는다는 말은 무엇입니까? 하나님에 대한 믿음은 우리가 우리의 이성적 판단을 버리는 순간 바로 그때 시작됩니다.

# X

먼저 하나님은 하늘과 땅을 창조하셨다. 땅은 형태 없이 텅 비어 있었고, 땅 속은 어둠이었고, 성령이 바다의 표면을 다녔다. 하나님이 빛이 있으라 말씀하자 빛이 있었다. 하나님은 빛을 보고 좋아하시며, 어둠과 빛을 갈라 놓으셨다. ―「창세기」1 : 1-4

우리의 태어남과 죽음이 어둠이듯이, 창조 이전은 어둠이었습니다. 성령이 물 위에 있었다는 사실이 흥미롭습니다. 물은 늘 생명의 근원이었습니다. 물 위에 성령이 감돌며 생명의 탄생의 시작을 알립니다. 그리고 세상에 빛이 나타나자 마침내 생명의 창조가 시작되었습니다. 처음 하나님의 참 빛은 아름다웠습니다. 어둠을 가르는 빛이 아름다웠습니다.

우리의 하루는 어둠입니다. 그리고 그 어둠에 형태를 부여하는 것은 빛입니다. 우리의 빛이 어둠을 갈라놓습니다. 우리의 하루가 창조의 첫날의 감격이 되기 위해 우리 스스로 하나님의 빛이 되어야 합니다. 하나님이 빛이 아름답다 했습니다. 어둠을 가르는 그 빛은 하나님의 빛이고 우리의 빛이어야 합니다.

어제는 연대도서관에서 저녁 6시에 나왔습니다. 동쪽 밤하늘에 달이 아주 큼직하고 예쁘게 떠있고 하늘도 파래보였습니다. 그러나 별빛은 하나도 보이지 않았습니다. 미세먼지 탓입니다. 우리는 하늘을 바라보지만 별들을 보지 못합니다. 하늘을 바라보지 않고 우리끼리 땅 위에서 싸우고 지지고 볶고 살아갑니다. 하나님 없이 이 세상에 코 박고 살아갑니다. 우리가 만들어 놓은 거짓으로 가득한 세상이 어둠이 되어, 우리가 눈을 들어 하늘을 보지만 하늘에 계신 하나님을 바라볼 수 없습니다. 우리가 만들어 놓은 빛이 오만과 죄로 얼룩져 하나님의 빛을 가리는 어둠이 되었습니다.

우리는 살아가면서 하나님의 빛을 추구할 뿐 진정 하나님의 빛을 만날 수는 없습니다. 우리가 빛을 찾았다 생각하는 순간 우리는 어둠에 사로잡힙니다. 우리는 늘 어둠 속에서 참 빛을 찾아가는 인생을 살아갑니다. 처음에 어둠이었습니다. 하나님의 빛은 어두운 이곳 지상을 향해 내려오는 빛입니다. 우리가 찾는다고 찾을 수 있는 빛이 아닙니다. 그래서 빛은 은총이라 합니다. 빛은 주신 것이지 우리가 찾은 것이 아닙니다.

캔토 10에서 단테는 두 명의 이단자(Heretics)를 만납니다. 한 명은 자신의 정적이었던 파리나타(Farinata)이고 다른 한 명은 자신의 친구 아버지 카발칸테(Cavalcante)입니다. 플로렌스에서는 겔프 정당과 기벨린 정당 사이에 권력다툼이 있었습니다. 단테는 겔프 정당이고, 파리나타는 기벨린 정당 당수였습니다. 1250년 권력다툼에서 패하여 플로렌스에서 쫓겨난 기벨린 정당은 시엔나(Sienna)와 손잡고, 1260년 몬타페리(Montaperi) 아르비아(Arbia) 강 근처에 매복하였다가 겔프 당원들을 살해하고 다시 권력을 잡습니다. 그러다가 다시 1283년 겔프당이 권력을 잡자 그들은 파리나타의 재산을 몰수하고 파리나타를 이단자로 살해하고, 그들의 가족을 플로렌스에서 추방합니다. 파리나타와 카발칸테는 모두 쾌락주의자로 이단자라는 평판이 있었습니다. 단테는 1302년 정쟁에 휩싸여 플로렌스에서 추방당하여 다시는 고향에 돌아가지 못하고 라벤나에서 사망합니다.

이단자들의 무덤의 뚜껑들이 열려 있고, 그들을 감시하는 감시자도 없이, 이단자들이 무덤 안에 누워있습니다. 단테가 의아해 하자 버질이 말합니다.

최후심판의 날에 그들이 지상으로 돌아가 그곳에 남겨두었던 몸을 다시 되찾아, 최후심판의 장소 예루살렘 근처 여호샤펫(Jehoshaphet) 계곡으로 불려와 심판을 받은 후, 다시 이곳 지옥으로 돌아오면, 그때 관 뚜껑 문이 닫힐 것이다. 지금 이곳에는, 영혼이 육체와 함께 죽는다고 믿었던 에피쿠루스(Epicurus) 쾌락주의자들이 묻혀있는 곳이다. - 「지옥」 캔토 10 : 10-15

이단자의 무덤에 있는 파리나타는, 왜 아직도 플로렌스에서 추방당한 자신의 가족들이 고향으로 돌아가지 못하고 있느냐고 단테에게 묻습니다. 그러자 단테는 기벨린당이 살해한 겔프당원들 가족의 슬픔이 너무 커서라고 말합니다. 그러자 파리나타는 플로렌스가 파괴되는 것을 막았던 사람이 자신이라 말합니다. 그러자 단테가 말합니다.

언젠가 당신의 후손들이 플로렌스로 돌아기를 바랍니다. 부탁하오니, 나의 머리를 떠나지 않는 의문의 고리를 풀어주기 바랍니다. 지금 당신이 한 말을 들어보니, 당신은 미래의 사건을 미리 보고 알고 있습니다. 그러나 정작 현재의 일은 모르고 있으니 어찌 된 일입니까? 우리는, 멀리 있는 곳을 잘 보지만 가까이 있는 것은 잘 보지 못하는 시각장애인과 같습니다. 하나님이 우리에게 미래를 볼 수 있는 밝은 빛을 주셨지만, 정작 가까이 있거나 바로 앞에 있는 일은 알 수 없게 하셨습니다. 다른 누군가가 우리에게 말해주지 않으면, 우리는 현재에 대하여 아무것도 모릅니다. 그렇기는 하나, 최후심판 이후에는 미래의 문이 닫혀 그때에 우리는 미래조차 알 수 없게 될 것입니다. -「지옥」캔토 10:94-108

이들 이단자들은 미래를 생각하지 못하고 현재만을 살았던 사람들입니다. 그래서 죽어서는 살아서와 반대로 과거와 미래는 알지만 현재를 모르는 형벌을 받고 살아갑니다. 이단자들의 두드러진 특징은 인간의 한계성에 대한 깊은 절망감으로 현재에 충실하다는 것입니다. 그들은 현재의 행복만을 추구하며 살았던 사람들입니다. 그들은 필연성에 자신을 가두어 가능성을 전혀 생각하지 않았습니다. 그들은 가능성도 무한성도 영원성도 모두 배제한 인생을 살았습니다.

지옥에서 그들의 무덤은 열려 있습니다. 왜 그렇습니까? 그들은 죽어서도 죽지 못하고 무덤을 열고 현재를 살고 있습니다. 그러나 그들은 현재를 모릅니다. 죽었지만 그들은 죽음이 가지는 의미에 대하여 모릅니다. 죽음의 의미를 모릅니다. 버질은 최후의 심판이 있은 후에야 비로소 무덤이 닫힌다고 했습니다. 그때 그들은 죽음이 가지는 의미가 무엇인지 알 것입니다. 그들에게 미래가 닫힐 것입니다. 영생이 닫힐 것입니다. 죽음 이후에 찾아오는 가능성도 영원함도 무한함도 닫힐 것입니다.

# XI

사건들이 왜 그런 방식으로 일어났는지에 대해 자신의 영
리함을 과시하려하는 사람들은, 그 사건들의 이해불가능
이 아니라, 무지의 탓으로 설명하려 한다. 예를 들어, 지붕
에서 돌이 떨어져 지붕 밑을 지나가던 사람이 머리에 맞
아 사망하였다고 하자. 이들 잘난 사람들은 말한다. 그 사
람을 죽이려고 돌이 떨어졌다고 말한다. 하나님의 뜻이
아니라면 어떻게 그런 일이 벌어졌겠느냐고 반문한다. 아
마도 당신은 말할 것이다. 바람이 세게 불었고, 마침 그
사람이 그곳을 지나다 봉변을 당했다. 그러면 다시 그들
은 고집스레 물을 것이다. 왜 바람이 세게 불었고, 왜 마
침 그 사람이 그곳을 지났느냐? 그러면 당신이 말할 것이
다. 지난밤 날씨는 좋았는데, 바다의 파도는 거세었고,
그 사람은 친구의 초대를 받았다. 그리고 그들이 또다시
질문할 것이다. 왜 바닷물이 거세지고, 왜 그 시간 그 사
람이 친구의 초대를 받아 갔느냐? 우리가 알 수 없는 성
역인, 하나님의 뜻에 종착할 때까지, 그들은 원인의 원인
을 찾아 끝도 없이 질문할 것이다. – 스피노자, 『윤리학』
(1677), '하나님에 대하여,' 부록 II

우리는 매일 매순간 의미를 만들어가며 살아갑니다. 그러나 사실 그 의미라는 것도 알고 보면 결과에서 만들어진 추론된 원인의 의미입니다. 아마도 우리의 탄생 그 자체가 원인은 없는 결과이기 때문일 수 있습니다. 그러므로 이 세상에 스스로 의미를 가질 수 있는 분은 하나님뿐입니다. "나는 나다"(I am what I am). 하나님께는 원인도 결과도 없습니다. 스스로 존재하는 분은 하나님뿐입니다. 인간은 스스로 존재할 수 없습니다. 육체는 영혼이 있어야 존재하고, 영혼은 육체가 없이는 존재할 수 없습니다. 어둠이 존재하려면 빛이 있어야 하고, 빛이 풍요로우려면 어둠(겸허와 겸손)이 풍요로워야 합니다. 어둠만 있고 빛만 있을 수는 없습니다. 우리의 인생은 유한합니다. 우리의 유한한 인생이 풍요로우려면 영원한 삶의 풍요가 뒷받침되어야 합니다.

유한한 인간이 무한한 하나님을 말할 수 없습니다. 유한이 무한을 생각하기 쉽지 않습니다. 생각이라는 그 자체가 유한이기 때문입니다. 무한은 생각을 거부합니다. 그러므로 유한한 우리가 무한한 하나님의 뜻이 무엇이다 말할 수 없습니다. 우리는 하나님의 뜻이다 말할 수도 없습니다. 처음부터 우리는 모른다 말해야 합니다. 우리가 어둠에 휩싸여 있어야 그때 비로소 빛이 보이기 시작합니다. 「창세기」에서와 같이, 빛이 있기 이전에 어두움이었기 때문입니다. 우리가 어둠이면 그때 하나님이 빛이 있어라 할 것입니다. 그때에도 우리는 안다고 알고 있다고 말하지 말아야 합니다.

깨어진 커다란 암석들로 둥글게 둘러싸인 가파른 제7계곡의 가장 자리로 시인들이 왔을 때, 지독히 역겨운 냄새들이 계곡으로부터 피어올라, 그곳에 익숙해지기 전까지 두 시인들은 도저히 앞으로 나아갈 수 없었습니다. 두 시인들이 주위의 환경에 익숙해지기를 기다리는 동안, 버질은 지옥의 모습이 어떻게 생겼는지를 이야기합니다.

사탄의 도시 디스(Dis) 도시 안에 있는 이들 계곡들 아래로 내려가면, 점점 작아지는 7, 8, 9 원형 계곡들 3개가 있는데, 그곳들은 우리가 지금까지 지나온 계곡들과 같이 저주받은 영혼들로 가득하다. 우리가 주위에 눈이 익숙해지면, 내려가며 계곡들이 어떻게 그리고 왜 그렇게 만들어졌는지 이해하게 될 것이다. 하나님이 증오하시는 모든 죄악들은 모두 정의롭지 못한 목적을 가지고 있다. 그리고 그 의도에 따라, 폭력(violence) 아니면 사기(fraud)로 인간들을 괴롭히고 있다. 그러나 특히 사기는 인간만이 저지를 수 있는 특별한 죄악이어서, 하나님은 그 죄인들을 폭력의 죄보다 더 가혹하게 처벌하신다. 그러므로 사기의 죄인들은 폭력의 죄인들보다 더 낮은 곳에 위치하여 더 가혹한 고통을 받는다. 먼저 제7계곡에는 폭력의 죄인들이 있다. 폭력에는 3가지 유형들이 있어, 제7계곡은 3개의 별개 원형계곡들로 구성되어 있다. 다시 말해 세 가지 폭력은 하나님에 가해지거나, 이웃에게 가해지거나, 자신에게 가해지는 폭력이다. 그들이 무엇이고 어떠한지를 설명하겠다. 먼저 이웃에게 폭력을 가하여 이웃을 죽이거나, 고통이 되는 부상을 입혀 이웃들을 손상시키거나, 이웃의 재산을 불태우거나 부당하게 빼앗는 경우이다. 이들 이웃에게 폭력을 가하는 자들은 사람들을 죽이거나, 악의로 이웃의 마음에 상처를 입힌 약탈자들이고 강탈자들이다. 이들 제7계곡의 별개 3계 곡들에는 다양한 폭력을 행사한 무리들이 다양한 방식으로 고통을 받고 있다. 다음으로 자신의 손으로 자신이나 자신의 소유물을 파괴한 자들이 있는 두 번째 별개 계곡이 있다. 그들은 살아서 자살하거나, 놀음과 방탕으로 자신의 재산을 탕진한 자들이다. 그들은 자신들만을 위해 즐겼던 즐거움을 후회하고 회개하지만 아무 소용없다. 다음 세 번째 별개 계곡에는 마음속으로 하나님을 부인하고 저주하거나, 아니면 타고난 인간 본성의 품위를 손상하는 방식으로, 하나님에게 폭력을 가한 자들이다. 별개 3개 계곡 가운데 가장 협소한 그곳에는, 마음속으로 하나님을 경멸하였던 자들과, 동성애와 수간 자들 그리고 고리대금업자들이 있다. 다음으로 제8계곡에는, 그들을 믿거나 그들을 믿지 않거나 아무 상관없이, 상대에게 양심에 거슬리는 사기 행각을 벌인 자들이 있다. 사기죄는 인간을 결속하고 있는 사랑의 유대관계를 파괴하는 행위이다. 위선, 아첨, 점술, 거짓 증언, 도둑, 관직매매, 포주, 부정축재와 같은 쓰레기 행위들이다. 그리고 마지막 제9계곡에는 다른 방식의 사기죄로 두 가지 방식의 사랑을 저버리는 죄악이다. 하나는 같은 핏줄의 친족들 간의 사랑을 저버리는 것이고, 다른 하나는 타고난 사랑 이외의 더 귀하고 더 특별한 사랑을 저버리는 행위이다. 이들은 지옥의 한 가운데 사탄이 머무는 가장 깊고 가장 낮은 계곡에 자리하고 있다. 이들은 모두 반역자들로 영원히 이곳 지옥의 마지막 계곡에 사로잡혀 있다. ―「지옥」 캔토 11:16-66

우리가 책을 읽는 이유는 우리가 찾고 있던 의문의 해답을 그곳에서 찾을 수 있어서가 아닙니다. 우리는 저자가 의문의 해답을 찾기 위하여 어떻게 의문을 제기하고 어떻게 해답을 찾아가는지를 알 수 있을 뿐입니다. 우리가 모르는 질문들은 그 누구도 대답해줄 수 없습니다. 그래서 성배전설에 이런 이야기가 있습니다. 만병통치에 영생의 비밀이 담겨있는 성배를 찾아 나선 기사들이 성배를 찾고도 성배를 받지 못하는 이유는 단 하나 그들이 '올바른 질문'을 하지 못해서입니다. 어쩌면 우리는 올바른 질문을 찾아 평생을 살아갑니다. 그러나 그 질문은 누구도 알 수 없습니다. 누구도 올바른 질문을 하지 못합니다. 성배를 찾아서 올바른 질문을 한다면 그는 영생할 것입니다.

단테가 그랬습니다. 그는 고향에서 추방당하여 친구들이 구해주는 음식과 집에서 살다가 죽었습니다. 그는 죽기까지 무엇을 하였습니까? 『신곡』을 썼습니다. 하나님은 왜 그가 그러한 삶을 살게 했습니까? 단테는 자신의 삶을 하나님과의 관계에서 이해하고 싶었습니다. 그래서 그는 먼저 사람들과 하나님과의 관계를 알고 싶었습니다. 그리고 『신곡』을 썼습니다. 우리는 단테의 「지옥」편에서 다양한 죄만큼에 해당되는 다양한 사람들을 만나는 단테를 봅니다. 그 죄들은 모두 하나님과의 관계를 말하고 있는 것들입니다. 그리고 단테 자신도 하나님의 관계에서 자신의 죄에 대하여 생각하였습니다. 우리는 『신곡』의 「지옥」편에서 죄인 단테를 읽어야 합니다. 그리고 그가 죄에 대하여 던지는 질문들을 생각해야 합니다. 단테에게 물어야 합니다. 왜 하나님을 지옥에서 찾습니까? 우리는 지옥에서 단테가 하나님을 어떻게 만나고 있는지를 읽어내야 합니다.

# XII

사물들의 진리에 대하여 진지하게 연구하고자 하는 사람은 누구나 어느 특별한 한 분야만 연구하지 말아야 한다. 모든 학문은 연결되어 있고, 서로 의지하고 있어서이다. 그때에 우리는 타고난 이성의 빛으로 그들 학문들을 비추어야 한다. 이는 우리가 철학의 이런 저런 문제들을 해결하기 위해서가 아니다. 우리는 살아가며 무엇을 결정해야 하는 매순간마다, 이 이성의 빛을 선택해야 한다. 그렇게 하면 얼마 지나지 않아 우리는 어느 특별한 분야만을 연구하는 사람보다, 자신들이 더욱 더 진보된 생각을 가지고 있음에 놀랄 것이다. 그렇게 우리는 다른 사람들이 바라는 것들 모두를 성취할 수 있고, 더 나아가 다른 사람들이 기대하는 것보다 더 많은 것들을 성취할 수 있다. – 데카르트(1596-1650), 「진리 추구 규칙들」(1701), 첫째 규칙

**제**7지옥은 폭력을 가한 죄들이 크게 세 가지로 분류되어 세 개의 작은 원형 공간들이 층층이 아래로 놓여 있습니다. 이곳은 이웃에 폭력을 가한 자들, 자신에게 폭력을 가한 자들, 그리고 하나님께 폭력을 가한 자들의 영혼들이 나뉘어 있습니다. 그리고 캔

토 12는 이웃에게 폭력을 가한 죄인들, 캔토 13은 자신에 폭력을 가하거나(자살자) 자신의 재산에 폭력을 가한 자들(방탕아), 캔토 14는 하나님을 폭력한 신성 모독의 말과 행동한 자들, 캔토 15와 캔토 16은 인간 본성에 역행하는 동성애자들, 그리고 캔토 17에는 인간 노동에 역행하는 죄를 지었던 고리대금업자들의 이야기가 나옵니다.

제7지옥은 인간의 이성이 동물의 격정에 굴복한 죄인들이 있는 곳입니다. 그래서 이곳의 죄인들을 관리하는 신화인물들은 모두 인간과 짐승이 반반인 반인반수들입니다. 제7원형계곡으로 내려가는 길은 커다란 암석들이 작은 돌들로 깨어져 무너져 내린 가파른 절벽입니다. 이곳 7지옥 전체를 관장하는 반인반수는 미노토(Minotaur)입니다. 광적인 야수성을 보여주는 이 미노토는, 크레타(Crete)의 왕 미노스(Minos)의 아내 파시파이(Pasiphae)가 나무로 만든 암소 안에 몸을 숨기고 황소와 사랑을 나누어 낳은 괴물입니다.

미노토는 매년 아테네로부터 남녀 10명을 조공 받아 잡아먹었습니다. 그러자 아테네의 왕 테세우스(Theseus)는 미노토의 이복 여동생 아리아드네(Ariadne)의 도움으로 이 괴물을 살해합니다. 미노토는 비정상적인 정욕의 산물입니다. 반인반수의 미노토가 두 시인의 길을 막자 버질은 미노토의 이복 여동생 아리아드네가 테세우스를 보내어 그를 살해한 사실을 상기 시킵니다. 그러자 미노토는 화를 내며 주위를 빙빙 돌며 이리저리 몸을 던지더니 마침내 땅바닥에 주저앉습니다. 이때 두 시인들은 급히 그를 지나쳐 갑니다. 그리고 단테는 그들이 내려왔던 절벽 길이 자갈돌들과 함께 왜 무너져 내렸는지 의아해 합니다. 버질이 말합니다.

내가 막 진압하여 분노하고 있는 괴물 미노토(Minotaur)가 감시하고 있었던, 이 절벽의 돌들이 왜 이와 같이 무너져 내렸는지 너는 이상하게 생각할 것이다. 네가 알고 있듯이, 내가 이전 이 지옥 길을 내려올 때, 그때는 이 절벽 바위들이 무너져 내리지 않았다. 내가 생각하건데 분명 그랬다. 내가 머물러있는 지옥 림보로 예수가 내려와 그곳에 있었던 그의 선조들을 천국으로 데려가기 바로 전, 이 깊은 지옥의 구덩이들이 저 깊은 중심까지 흔들렸다. 예수의 사랑으로 우주가 흔들렸다고 생각한다. 엠페도클레스(Empedocles)가 말하였듯이, 세상은 사랑으로 자주 흔들려 무너져 내린다. 그때에 이곳과 다른 여러 곳의 바위들이 깨어져 계곡 아래로 흘러내렸다. 저기 계곡 아래를 보아라. 우리는 이제 피의 강 플레게돈(Phlegethon) 가까이 왔다. 이 강 속에는 그들이 살아서 폭력으로 세상을 고통과 공포로 가득 채우며 쏟아냈던 그 피들 가운데, 그 죄 많은 영혼들이 고통 받고 있다. ─「지옥」캔토 12 : 31-48

그리고 강둑 위에는 반인반마의 센토들(Centaurs)이 활과 화살을 들고 이리저리 다니며 감시하다가, 운명이 정한 것보다 더 높이 강물 위로 몸을 드러낸 영혼들을 활로 쏘았습니다. 그들 가운데 3명이 시인들을 향하여 다가와, 무슨 죄를 지었느냐고 위협하며 물어오자, 버질이 그들의 대장인 카이론(Chiron)에게 말하겠다고 합니다. 3명의 센토들 가운데는 아킬레스의 선생이었던 카이론이 있었습니다. 버질은 단테가 죽지는 않았지만 하나님의 뜻을 따라 이곳을 지나게 되었다며, 살아있는 자이기에 센토들 가운데 누군가가 그를 등에 업고 강을 건널 수 있는 안내자를 카이론에게 부탁합니다. 카이론은 넷수스(Nessus)를 선택합니다.

센토 넷수스는 헤르쿨레스(Hercules)의 아내 데야니라(Dejanira)를 등에 업고 유괴하다가 헤르쿨레스의 화살을 맞고 죽으면서, 사랑의 묘약이라며 그의 피 묻은 셔츠를 그녀에게 줍니다. 그리고 후에 그녀는 남편으로부터 사랑받기 위해 남편에게 그 셔츠를 입혀 죽게 만듭니다.

우리는 이 믿음직한 안내자 넷수스를 따라 붉은 피가 끓고 있는 강으로 들어갔다. 강에서 날카롭고 절망적인 비명이 들려왔다. 나는 눈썹까지 핏물 강에 잠겨있는 무리들 보았다. 센토가 말했다. "자신들의 손들을 피와 수탈로 더럽혔던 독재자들 보라. 이들은 이곳에서 자신들의 무모함을 후회하며 한탄하고 있다." -「지옥」캔토 12:100-106

조금 더 가서 센토는 피 끓는 강물로부터 목까지 잠겨있는 무리들 위에 섰다. 그리고 한쪽에 홀로 서 있는 죄인을 지적하며 말했다. "저기에 하나님의 교회 안에서 사람 죽인 자가 있다. 그때 살해된 자의 심장은 웨스트민스터 사원에 안치되어 있다." 그리고 나는 가슴까지 드러내고 서 있는 무리들을 보았다. 그들 가운데는 내가 아는 자가 많이 있었다. 이제 피 강의 핏물은 점점 얕아져 발목까지 왔다. 그리고 우리는 마침내 강을 건너 강둑에 올라왔다. - 「지옥」 캔토 12:115-126

예수가 십자가 위에서 죽고 하늘로 올라가기 전, 예수는 지옥의 림보까지 내려와서 세례를 받지 못하고 죽은 아담과 이브를 비롯한 자신의 선조들을 구원하여 천국으로 갑니다(The Harrowing of Hell). 왜? 기독교에서 세례가 갖고 있는 의미의 중요성을 강조하기 위해서입니다. 세례를 받은 죄인은 세례를 통하여 죄를 씻어 죄 없는 맑은 영혼으로 새롭게 탄생합니다. 그러므로 믿는 자는 먼저 하나님의 죄 사함을 믿어야 합니다. 그리고 세례를 받은 후 자신의 뜻이 아니라, 하나님의 뜻으로 살겠다고 고백합니다. 하나님 앞에 죄를 고백하고 세례를 통하여 새사람이 된다는 의미는 단테에게 너무나 중요합니다. 그는 세례를 통하여 하나님과 자신의 관계를 분명히 하여야만, 그 관계 속에서 하나님의 뜻을 읽을 수 있습니다. 만일 단테가 세상과의 관계만을 맺고 있었다면, 그는 자신과 세상이야기만 했을 것입니다. 그리고 하나님과의 관계에서 받게 되는 영원한 구원은 말할 수 없었을 것입니다. "관계가 의미를 만들어냅니다." 관계를 맺는 대상에 따라 우리의 의미도 변화합니다. 우리가 맺고 있는 관계의 대상이 나의 의미를 규정합니다. 나는 학생과의 관계에서 교수지만, 아내와의 관계에서는 남편입니다. 다시 말해 내가 세상과 관계하면 나는 유한하고, 내가 하나님과 관계하면 나는 무한합니다. 단테는 끊임없이 『신곡』을 통하여 유한함을 영원함과 연결시켜 유한함의 의미를 밝히고 싶었습니다. 그는 유한함에서 영원함을 추구하였습니다. 왜냐하면 유한함은 영원함의 빛 속으로 들어오지 않으면 아무런 의미도 없습니다. 유한함은 영원함을 위해 존재하고, 영원함은 유한함을 위해 존재합니다. 둘은 하나입니다. 우리의 유한함은 단지 우리의 영원함을 위해 존재하기 때문입니다. 그런 의미에서 『신곡』의 주인공은 '하나님'입니다. 그 책은 하나님 이야기책이었습니다.

주말마다 나라를 사랑하고(?) 걱정하는(?) 사람들이 광화문에 모여 시위합니다. 시위자 대부분이 나이가 지긋한 노인입니다. 역사를 보면 세상을 변화시켰던 혁명들은 모두 젊은이들 몫이었습니다. 세상이 변화하고 있는 것인가요? 과거가 두텁지 않은 젊은이는 스스로 아는 것이 없다 생각하여 겸손하게 현재보다 더 나은 미래를 꿈꾸고, 스스로 아는 것이 많다고 생각하는 노인은 현재에 불만을 품고 현재를 과거로 되돌리려 합니다. 그들은 미래는 몰라도 과거는 안다고 말합니다. 그리고 알고 있는 과거만 말하겠다고 합니다. 과거로 변한 현재를 변화라고 생각합니다. 불가능한 젊음을 꿈꿉니다. 모든 판단의 근거를 자신의 과거에 두고, 과거와 같은 현재와 미래를 꿈꿉니다.

왜? 그들은 현재는 알 수 없고 과거는 알 수 있다 생각하여, 그들이 아는 과거로 현재를 되돌려 그들을 무기력하게 만든 시간에 복수하려 하는 것 같습니다. 바보 같은 짓입니다. 그들도 과거에는 무지하였고 부족하였음을 그들은 기억하지 못해서입니다. 젊은이는 미래를 향한 변화를 꿈꾸고 노인은 과거를 향한 변화를 꿈꾸어서, 변화의 원동력이 되는 혁명은 늘 젊은이의 몫이었습니다. 노인이 하는 말 잘

들어보면 늘 현재는 과거만 못하여, 결론은 과거로 돌아가야 한다 말합니다. 변화를 가져올 미지의 미래를 거부하고 과거만을 붙잡고 있으려 하는 것은 올바른 태도가 아닙니다.

예전에도 그랬지만, 지금 더욱 더 중요해진 진리가 있다면, 세상은 우리끼리만 사는 것이 아니라는 것입니다. 이웃은 적이 아닙니다. 그들이 죽어야 우리가 사는 것이 아닙니다. 그들 속에 우리가 있고, 우리가 그들 속에 있습니다. 그들이 없으면 우리가 없고, 우리가 없으면 그들도 없습니다. 이웃을 사랑하라 적을 사랑하라는 말이 지금처럼 실감나는 때가 없습니다. 야당과 여당을 보면 여당과 야당이 없음을 압니다. 자신들이 야당일 때 여당에게 했던 자신들의 말을, 여당이 되어서 똑같은 말을 야당으로 듣습니다. 왜? 모두 하나이어서입니다. 우리가 살기 위해 이웃을 살해하면 그것은 우리를 죽이는 것과 같습니다. 우리가 죽어가고 있는 것입니다. 이웃이 잘 살아야 우리도 잘 살 수 있습니다. 그래야 우리의 물건을 팔 수 있습니다. 내가 아무리 똑똑하면 무엇 합니까? 상대가 나의 말을 이해 못한다면 나의 지혜가 아무리 많은들 아무 소용이 없습니다.

노인은 어둠입니다. 그러니 어둠에 친숙해야 합니다. 자신이 빛이라고 나서지 말아야 합니다. 우리는 우리가 빛이라고 생각하고 따랐던 것들이 어둠이었음을 압니다. 빛이라고 말했던 것들 모두 진리를 포장한 어둠이었습니다. 빛이란 어둠을 보여주기 위해 잠시 보여주었던 것입니다. 물론 젊은이는 젊은이다워야 하고 노인은 노인다워야 합니다. 젊은이는 파릇파릇하고 노인은 성숙해야 합니다. 젊은이에게 미래가 있다면, 노인에게는 영원함이 있습니다. 세상은 변화무쌍합니다. 진리는 시도 때도 없이 옷을 갈아입습니다. 영원함의 진리만이 한결같습니다. 변화를 잡고 진리라 하지 말아야 합니다. 노인은 어둠이라 말하여야 합니다. 그리고 영원함이 머무는 빛을 향해 눈을 돌려야 합니다.

사람들 가운데는 나를 끌어내려 세상에 내치는 사람이 있고, 나를 끌어 올려 영원함의 반열로 나를 올려놓는 사람이 있습니다. 우리 영혼은 세상의 무게와 같습니다. 별개가 아닙니다. 문제는 따로 떼어놓고 한쪽으로 치우쳐서 문제입니다. 세상은 유한하고 육체적이고 물리적이지만, 영혼은 무한하고 영원하고 정신적입니다. 그러나 유한은 무한이고, 무한은 유한입니다. 둘은 다르지 않습니다. 서로를 비추어 주면서 자신의 정체성을 드러냅니다. 한쪽에 치우치지 말아야 합니다.

# XIII

진리란 명확하고 분명한 지식이다. 많은 것들을 의심한다고 해서 그가 전혀 의심하지 않은 다른 사람들보다 현명한 것은 아니다. 그가 거짓된 생각을 가지고 있다면 그가 다른 사람들보다 더 현명하다 생각할 수 없다. 어떤 문제가 파악하기 너무 어려워 진위를 가리기 어려운데도 마치 자신은 분명히 알고 있다고 생각한다면, 그런 문제에 대하여 의심하지도 생각도 하지 않는 편이 더 좋다. 이러한 문제를 마주하면 우리는 우리의 지식이 증가하기보다는 오히려 지식이 저하되는 위험에 빠진다. 우리는 가능해 보이는 모든 지식을 거부하고 의심할 수 없이 완전한 지식만을 믿어야 한다. 그러나 분명한 지식이란 너무나 평범하여 지식인들은 그런 지식을 고려하지 않고, 아니 모두 다 알고 있다고 생각한다. 그러나 우리가 생각해야 할 평범한 지식들은 너무나 많다. 우리가 알고 있다고 생각하는 수많은 평범한 지식들이 확실하게 입증될 때 그때 비로소 그들이 진리이다. 그러나 지식인들은 모른다는 사실을 인정하기 싫어서 분명하고 확실하지 않은 사실을 거짓된 견해로 수식하는 일에 익숙하다. 그리고 후에 자신들이 인정한 거짓된 생각을 진리인 듯이 옹호하는 데 사투를 벌인다. – 데카르트(1596-1650), 「진리 추구 규칙들」(1701), 둘째 규칙

**제**7지옥 폭력의 죄의 두 번째 부류의 죄인들이 머무는 내부 계곡은 숲입니다. 신중하지 못하게 자신의 생명이나 자신 소유의 재산을 파괴하고 자신의 명성을 더럽힌 죄인들이 그곳에 있습니다. 이들 영혼들은 반인반수 하피들(Harpies)로부터 관리를 받습니다. 하피는 기아로 창백한 여성 얼굴과 인간의 목을 갖고, 넓은 새의 날개와 새의 긴 발톱과 깃털 가득한 배를 가진 인간-새입니다. 버질이 쓴 시 『아이네이드』(『Aeneid』)의 주인공 아이네아스(Aeneas)가 부하들과 함께 스트로파데스(Strophades) 군도에 도착했을 때 하피들이 와서 그들의 음식을 가로채 가거나 더럽힙니다. 자살자들은 자신의 육체를 더럽힌 자들입니다. 그래서 지옥에서 그들은 하피들로부터 더럽혀집니다. 그리고 그들은 자신들의 모습을 잃고 나무들이 되어, 하피들로부터 그들의 나뭇잎과 가지들을 훼손당하는 고통을 겪습니다.

두 시인은 길이 없는 숲속으로 들어갑니다. 이곳은 자살자들이 나무들로 변하여 숲을 이루고 있는 곳입니다. 나뭇잎은 녹색이 아니라 어두운 색이고, 가지들은 울퉁불퉁하게 매듭져 뒤틀리고, 열매 없이 독이 잔뜩 들어있는 뾰족한 가시들만 무성한 나무들이 자살자들입니다. 하피들이 소리 지르며, 그 시들어 말라빠진 자살자들을 품고 있는 그 끔찍한 나무 가지들 위에 앉아있습니다.

나의 선생님 버질이 말했다. "네가 두 번째 내부계곡에서 자살자들과 재산 탕자들의 숲에서 더 많은 것들을 알아보고, 그 다음 세 번째 내부계곡에서 하나님께 폭력을 저지른 자들이 있는 뜨거운 모래밭에 당도하기 전, 너는 내가 말해도 네가 믿지 못할 것들을 볼 것이다." 나는 사방에서 울부짖는 소리들이 쏟아져 나오는 것을 들었다. 그러나 누가 어디에서 내는 신음소리인지 알 수 없어서 당황하여 멈추었다. 나무들 뒤에 몸들을 숨기고 있는 자들이 이러한 소리들을 내고 있다고 생각했다. 그때 버질이 말했다. "이 나무들 가운데 나뭇가지 하나를 꺾어보아라. 그러면 네 생각이 틀렸음을 알 것이다. 나는 나의 손을 조금 뻗어 큰 가시들 가득한 나뭇가지 하나를 꺾었다. 그러자 나무가 말했다. "왜 나의 몸을 찢느냐?" 나무는 피범벅이 되어 다시 말했다. "왜 나를 훼손하느냐? 불쌍하지 않느냐? 우리는 지금 나무들로 변했지만 한때 사람들이었다. 우리가 죽은 뱀들의 영혼들이라도, 너는 우리를 불쌍히 여겨 이처럼 나뭇가지를 꺾지 않았을 것이다." 불타던 푸른 나뭇가지가 지나치는 바람에 수액과 함께 그 끝이 떨어지며 지지직거리는 소리를 내듯, 꺾인 나뭇가지로부터 피와 함께 사람의 말소리가 들렸다. 나는 나뭇가지를 떨구고 두려워 서 있었다. ―「지옥」캔토 13:10-45

단테가 꺾은 자살자의 나무는, 로마 황제 프레드릭 2세(Frederick Ⅱ: 1194-1250)의 총리로 시인이었던 피에로(Piero delle Vigne)입니다. 그는 반역죄로 감옥에 갇혀 실명하자 자살합니다. 그는 반역자가 아니라 공모자들에 의해 억울하게 감옥에 갇혀 억울하여 자살했다고 말합니다. 버질은 그에게 어떻게 그 영혼이 나무에 갇히게 되었고, 그 나무에서 그 영혼이 자유로워질 기회가 있기는 하냐고 묻습니다. 그리고 피에로가 대답합니다.

　　그 나무 열심히 바람소리 내더니 곧 그 바람 목소리 되었다. "짧
게 말하겠다. 우리 미친 영혼이, 함께 붙어있는 육체에서 떨어져나
갈 때, 지옥 파수군 미노스(Minos)가 그 영혼을 잡아 제7지옥으로
보낸다. 영혼은 그곳 숲에 떨어진다. 그러나 그곳은 그가 있을 곳
이 아니다. 운명이 그저 그 영혼을 그곳에 던진 것이다. 그 영혼은
그곳에서 보리 싹과 같이 싹을 틔우고 작은 나무로 자랐다가, 끔찍
한 나무가 된다. 그리고 하피들(Harpies)이 그 나무의 나뭇잎들을
뜯어먹을 때마다 그 영혼은 고통으로 신음소리 낸다. 최후심판 날
에 우리는 우리가 벗어던진 육체가 있는 곳으로 찾아갈 것이다. 그
러나 우리는 우리가 한 번 버린 그 육체들을 다시는 입을 수 없다.
우리는 그 육체들을 이곳으로 가져와, 우리가 폭력을 가하였던 영
혼들이 죽어 머무는 숲의 나뭇가지들 위에 그 영혼들을 영원히 걸
어놓을 것이다." -「지옥」 캔토 13 : 91-108

　　그리고 이곳 제7지옥에는 자살자들과 함께 재산 탕자들이 있습니
다. 이들은 탐욕의 죄를 지은 영혼들이 있는 제4지옥의 캔토 7의 영
혼들과 다릅니다. 탐욕의 죄인들은 단지 쾌락을 목적으로 사치스럽
게 재산을 낭비하는 재산 낭비자들이었습니다. 그러나 이곳 제7지옥
재산 탕자들은 단순히 무질서와 파괴의 목적으로 자신의 재산을 파
괴한 자들입니다. 그들은 문명과 질서와 명성을 파괴하고 싶어 안달
입니다. 이들 탕자들은 숲에서 검은 사냥개들에 쫓기다가 잡히면 몸

이 찢기는 고통을 받습니다.

　우리는 그 나무가 아직도 할 말이 남았다 생각하여 잠시 있었다. 그때 우리는 갑자기 엄청난 소음에 놀랐다. 짐승들과 나뭇가지들이 부서지는 소리를 듣고, 짐승들이 사람들을 쫓아 우리가 있는 곳으로 오고 있는 것 같았다. 우리의 왼편으로 발가벗은 두 영혼들이 놀라서 바람과 같이 빠르게 나뭇가지 무성한 숲을 헤치며 달렸다. 앞서 가던 영혼이 외쳤다. "자 어서, 어서 빨리 와라, 아니면 죽음이다!" 그리고 뒤쳐져서 달리던 영혼이 외쳤다. "라노(Lano)여, 토포 강가에서 싸울 때 너의 다리는 그렇게 잽싸지 않았다." 그리고 아마도 그는 숨을 쉴 수 없이 숨이 차서인지 풀숲으로 들어가 웅크리고 숨었다. 두 영혼들 뒤로는 검은 사냥개들이 가득했다. 그들은 개줄에서 풀린 맹견들과 같이 빠르고 사납게 달려왔다. 개들은 숲에 웅크리고 있는 영혼에게 대들어 이를 드러내고 그를 발기발기 찢었다. 그리고 찢어진 사지를 입에다 물고 사라졌다. 버질은 나의 손을 잡아, 피 흘리는 나뭇가지들 사이로 하염없이 신음소리 내는 영혼들이 만든 숲으로 나를 끌고 갔다. -「지옥」캔토 13:109-132

　위의 글에서 사냥개들에게 쫓기는 두 명의 재산탕자들은 시에나의 나노(Lano of Siena)와 파두아의 지아코모(Giacomo)입니다. 두 사람은 13세기에 살았던 유명한 재산탕자 귀족들입니다. 라노는 1288년 토포(Toppo) 강가 전투에서 살해되었습니다. 왜 자살자들과 함께, 자신의 재산을 파괴하고 자신의 명성을 더럽힌 자들을 하나로 묶어 제7지옥 두 번째 계곡에 넣었을까요? 그들 모두 자신의 생명과 재산과 명성이 자신의 것이라고 생각하여 자살하고 파괴하고 더럽혔습니다. 그러나 생명과 재산과 명성은 우리 것이 아닙니다. 우리 것이 아니니 잘 보호하고 잘 가꾸어서 좋은 열매를 맺어야 합니다. 기독교는 모두 하나님의 것이라 합니다. 부모님이 우리를 나으셨지만 두 분의 만남이나 생명의 잉태는 두 분이 하신 것이 아닙니다. 재산과 명성도 우리의 이웃이 만들어준 것으로 우리 것이 아닙니다. 우리가 할 수 있거나 한 것은 아무 것도 없습니다. 우리가 이웃을 사랑해야 하는 이유입니다. 우리가 이웃을 사랑하면 그들이 우리를 도와주고, 우리가 이웃을 증오하면 이웃은 우리를 도와주지 않습니다. 우리가 이웃이고 이웃이 우리입니다. 생명과 재산과 명성은 처음부터 우리 것이 아니었습니다. 그러니 우리 마음대로 처분하면 죄가 됩니다.

지난해 12월 언제인가 왼손에 손톱깎기를 잡고 오른손 손톱을 다듬으려다가 갑자기 왼손 힘이 빠져서 깎을 수 없었습니다. 이후 정형외과를 일주일에 3번씩 가서 물리치료 받았습니다. 4가지 형태 치료가 40-50분 걸립니다. 생각해보면 10년도 전에 빙판길에 넘어지며 왼손을 접질려 치료를 받았던 적이 있습니다. 이후 겨울만 되면 잠시 왼편 손목에 힘없는 현상이 나타났다 사라지곤 했는데, 이번에는 시간이 좀 오래 걸립니다. 며칠 전부터는 오른손까지 힘이 없습니다.

병원이 집에서 3정거장 거리여서 버스 기다리는 시간이 10분 이상이면 걸어갑니다. 오늘은 치료를 마치고 오는 길에 홍제천 근처에서 직접 뻥튀기하는 장수를 만났습니다. 옥수수와 감자 뻥튀기를 2천원과 3천원 주고 샀는데, 파는 사람이 왜 그다지도 퉁명스럽고 재수 없는지 내가 당황하여 쩔쩔매고 샀습니다. 집에 와서 먹어보니 사카린이 너무 많아 모두 음식물 쓰레기통에 버렸습니다. 아마도 예전 어렸을 때 우린 이런 것들을 먹고 살았습니다.

원래 나는 길거리 음식을 먹지 않습니다. 튀김이나 떡볶기 그리고 오뎅을 그다지 좋아하지 않습니다. 그런데 언제부터인가 어린아이와 같이 자꾸 길거리 음식에 눈길이 갑니다. 나이 들어 어린아이와 같이 호기심이 발동해서입니다. 어린 시절 비가 온 후 멀쩡한 길 마다하고 꼭 물 고인 물웅덩이로 걸어 들어가서 팔짝 높이 상하로 뛰며 옷이 흠뻑 젖을 때까지 뛰놀던 기억이 있습니다. 왜 그렇게 불만이 많았는지, 윗동네 아랫동네 아이들 모여 패싸움도 많이 했습니다. 마음속에 사나운 짐승 하나씩 키우고 살았습니다. 사실 그런 짐승 없었다면 가진 것 별로 없이 미국 공부하러 갈 용기 내지 못했을 것입니다.

물리치료 병원비가 평일 1700원 토요일은 1900원입니다. 그래서 노인들이 출근하듯이 병원에 많이 옵니다. 만일 노인 한 분이 어느 날 병원에 오지 않으면 그분이 병이 나서 병원에 오지 못하고 집에 있을 확률이 높습니다. 아프면 병원에 오지 못하고 아프지 않아야 병원에 옵니다. 그도 그럴 것이, 병원에 치료하느라 누우면 등이 따스하여 눈을 뜰 수 없이 잠이 옵니다. 때로는 코를 골기까지 하여 간호사가 다 끝났다고 꼭 말해줍니다.

　나이가 들면 몸에서 나오는 체액분비물로 냄새가 납니다. 그래서 나도 딸아이가 사다준 향수를 뿌리고 다닙니다. 일어서고 앉을 때 냄새 날까 두려워 꼭 향수 뿌리고 바깥에 나갑니다. 옷도 자주 갈아입습니다. 자주는 아니지만 한 달에 한두 번 전철 탈 때가 있습니다. 친구가 어느 날 나에게 전철 타면 경로석에 앉지 말라 했습니다. 냄새가 많이 난다고 했습니다. 노인 되면 지킬 것이 많습니다. 이도 자주 닦아야 하고 혹시 모르니 꼭 껌을 가지고 다녀야 합니다. 그리고 말도 아주 작은 소리로 해야 합니다.

　사실 내가 하고 싶은 이야기는 자연현상과 초자연현상입니다. 우리는 초자연현상을 믿지 말아야 지식인이라고 배웠습니다. 지식이란 초자연현상을 자연현상으로 해석하는 것이라고 배웠습니다. 나이가 들어서일까 요즘은 자연현상이 초자연현상과 같고, 당연하다 생각했던 것들이 기적이라는 생각이 듭니다. 자연현상이나 우리가 진리라고 말하는 것 모두 반복 가능한 현상들을 두고 말합니다. 반복 불가능하고 우연이라고 말하는 것들은 모두 기적이고 초자연현상이라 말합니다. 우리가 가늠할 수 없어 대처가 불가능하여서입니다. 그리고 우리는 초자연현상은 없다 말하며 자연이 우리라고 당연하게 살아갑니다. 그러나 생각해 보면 우리 모두가 다 초자연현상입니다.

　우리가 살아가는 것 그 자체가 바로 초자연현상입니다. 그런데 우리는 우리가 초자연이 아니고 자연이라고 말합니다. 변하지 않고 반복하는 것이 자연이라고 말하는데, 사실은 반복이 영원함이고 무한함입니다. 변하지 않고 한결같음이 일상이라 말하지만 그것이 초자연이고, 일시적이고 찰나적이고 한 번뿐인 것으로 유한하고 한정적인 것들이 자연입니다. 우리는 초자연을 자연이라 말하고, 자연을 초자연이라 말합니다. 우리를 통제하고 규제 가능하게 하려고 우리는 초자연인 우리를 자연이라 말합니다. 우리는 우리를 모릅니다. 죽어도 알 수 없습니다. 초자연이어서 그렇습니다. 자연과학이 그렇고 자연과학을 닮아가려는 인문과학이 모두 알고 있다고 말합니다. 그러나 우리는 모릅니다. 우리가 바로 초자연입니다.

# XIV

우리가 고전들을 읽어야 하는 이유는, 매우 많은 사람들이 기울여 노력한 결과들을 이용하는 것이 우리에게 매우 유용하여서이다. 지금까지 정확하게 무엇이 발견되었는지를 우리는 알 수 있고, 학문적으로 우리가 장차 무엇을 연구해야 할지도 알려주기 때문이다. 그러나 그곳에는 커다란 위험 또한 도사리고 있다. 고전들을 너무 집중하여 읽는 나머지, 우리가 아무리 주의하여 읽었을지라도, 고전 작가들이 저지른 과오들이 우리를 전염시킬 수 있다. 보통 작가들은 그들의 부주의로 그들이 논의하는 사안에 문제가 발생하는 경우, 매우 교묘한 방법으로 우리가 그들과 같은 견해를 갖도록 유도할 만큼 머리가 좋은 사람들이다. 그리고 그들은 확실하고 분명한 진리를 발견할 때마다, 그 진리를 모호한 방법으로 포장할 때까지는 절대로 그 진리를 발표하지 않는다. 그들의 논리가 너무나 단순하여 그들이 발견한 진리가 중요하지 않게 생각될까 두려워서이기도 하고, 또한 그들은 우리에게 진리를 분명히 드러내 보여주는 일이 전혀 마음에 내키지 않아서이기도 하다. – 데카르트(1596-1650), 「진리 추구 규칙들」(1701), 셋째 규칙

우리나라 명절은 자연의 리듬을 따르는 농경사회의 전통 문화와 관련이 깊습니다. 그러나 자본주의의 발전과 함께 우리 삶에도 변화가 있습니다. 농경사회의 삶의 리듬은 자연의 리듬을 따랐지만, 자본주의의 노동조건의 변화로 자연의 리듬이 아니라 인위적인 시간의 리듬을 따릅니다. 우리의 삶도 예전에 비하여 자연의 리듬을 생각하지 않습니다. 자연의 지배를 받지 않는 만큼 우리의 문명이 발전한 것이라 믿습니다. 그러나 변하지 않은 것이 있습니다. 우리의 몸입니다. 우리의 몸은 자연에서 벗어날 수 없습니다. 우리 육체의 리듬이 문제입니다. 우리의 몸은 자연의 리듬을 찾아야 비로소 건강을 되찾습니다. 자연의 중심에는 생명이 있습니다. 그리고 생명의 반대는 죽음입니다. 죽음은 재생 불가하지만 생명은 재생의 연속입니다. 재생이 없는 죽음은 무질서의 리듬입니다. 생명은 반복의 리듬속에서 재생의 운동을 지속하려 합니다. 명절은 자연의 리듬감을 회복하는 기간입니다. 무질서한 나의 삶에서 나의 자연의 리듬감을 찾아야 합니다.

우리 인생에서 꿈은 무엇입니까? 성경을 비롯한 이야기책에서 꿈은 미지의 세계를 열어주는 계시의 순간입니다. 우리는 미래를 알지 못합니다. 그러니 꿈은 우리가 모르는 세계입니다. 꿈을 마주하고 우리가 당황하는 이유입니다. 꿈은 어둠을 빛으로 끌어낸 밤의 언어입니다. 빛으로 모습을 드러낸 밤의 언어입니다. 그러므로 우리가 살아가는 일상의 언어인 낮의 언어로는 밤의 언어인 꿈은 해석이 불가합니다. 그렇게 꿈은 우리를 밤의 세계로 이끌고 갑니다. 그러나 그 꿈은 빛으로 드러날 어둠입니다. 우리의 삶으로 발현될 어둠이 없다면, 다시 말해 우리에게 꿈이 없다면, 우리의 삶은 빛 속에 있지만 어둠입니다. 빛 속에서 드러날 어둠이 없어서입니다. 꿈꾸지 않으면 빛도 없습니다. 꿈이 없다면 빛으로 보여줄 언어도 없어서입니다. 미래가 드러나려면 꿈이 있어야 합니다. 미래는 처음부터 그곳에 있었던 것이 아닙니다. 우리의 꿈이 바로 우리의 미래입니다.

제7지옥 3번째 계곡은 열매를 맺지 못하는 불임을 상징하는 뜨거운 모래사막입니다. 하나님의 신성을 거부한 신성모독자들, 출생과 관련한 인간 본성을 거절한 동성애자들, 그리고 신성한 인간노동을 거부한 고리대금업자들이 그곳에 있습니다. 그곳에서 하나님의 신성을 모독한 자들이 눈송이와 같은 불덩이들이 비와 같이 내리는 하늘을 바라보며 사막에 누워 있고, 동성애자들은 불덩이들이 내리는 사막을 불안하게 이리저리 분주히 다니고, 고리대금업자들은 돈주머니를 움켜쥐고 바닥에 주저앉아서 눈송이 같이 내리는 불덩이들을 온몸에 맞고 있습니다. 그들은 모두 하나님의 분노의 상징인 불의 징벌을 받고 있습니다.

롯(Lot)은 태양이 높이 하늘에 떠있을 때 조어(Zoar, 소알)라는 작은 마을로 피신하였다. 그때 하나님이 높은 하늘로부터 소돔과 고모라에 불타는 유황을 비 내리듯 내리셨다. 그리고 이들 두 도시들과 들판에 살아있는 모두들, 땅위에 있는 풀까지 파괴되었다. ―「창세기」 19:23-25

우리는 지금 끔찍한 정의의 심판이 내려진 제7지옥 2번째와 3번째 내부계곡 경계에 와있다. 어떤 동식물도 자랄 수 없는 불타는 사막에 들어가기 전, 양편 두 내부계곡들의 모습을 말하겠다. 1번째 내부계곡의 음울한 해자 호수가 2번째 내부계곡의 슬픔의 숲 주위를 둘러싸고 있듯이, 2번째 내부계곡의 슬픔 가득한 숲이 3번째 내부계곡 불타는 사막을 화환과 같이 두르고 있다. 우리는 두 번째와 세 번째 내부계곡 사이의 가장자리에 멈추어 섰다. 3번째 내부계곡 불타는 사막은 예전 북아프리카에서 시저(Caesar)에 대항하여 싸웠던 카토(Cato)가 밟았던 그 마르고 뜨거웠던 모래밭 사막과 같았다. 오! 심판하시는 하나님이시여! 나의 눈앞에 펼쳐진 사막을 본다면 누구나 하나님을 두려워할 것이다! 불타는 사막 위에는 수많은 벌거벗은 영혼들이 매우 처절하게 고통스러워하고 있었다. 사막 위에 누워 하늘 바라보며 있는 무리들이 있고, 잔뜩 등들을 굽히고 앉아있는 무리들이 있고, 불안하게 계속하여 이리저리 움직이고 있는 무리들이 있었다. 움직이고 있는 무리들 숫자가 가장 많았고, 누워서 고통 받는 무리들 숫자가 가장 적었다. 고통으로 입에서는 탄식의 말이 나오는데, 그 커다란 모래사막 위로, 바람 없는 산속에 펑펑 내리는 함박눈 눈송이들과 같이, 불덩이들이 이슬비 내리듯 조용히 그리고 천천히 내리고 있었다. 알렉산더 대왕이 뜨거운 인도 지방을 지날 때 그는 땅에 떨어져도 깨어지지 않는 불덩이들이 그의 군대 위로 떨어지는 것을 보았다. 그때 그는 불꽃들이 퍼져가는 것을 막기 위해 그의 군대에게 불꽃들을 밟아서 끄라고 명령하였는데, 지옥의 불꽃들은 그때와 같이 내리고, 사막의 모래는 불붙은 불쏘시개와 같이 타올라, 그곳에 있는 영혼들은 고통이 배가되었다. 불쌍한 영혼들은 불덩이를 피하느라 손으로 춤추기를 멈추지 않았고, 불덩이를 끄면 다시 새로운 불덩이가 하늘에서 내려왔다. -「지옥」캔토 14:4-42

두 시인은 불타는 사막과 슬픔의 숲이 맞닿아 있는 둘 사이의 가장자리를 따라 걸어갔습니다. 그리고 숲으로부터 흘러나오는 작은 시내에 이르렀습니다. 그 시내는 사막을 가로질러 흐르고 있었습니다. 시내의 바닥과 둑은 돌로 되어 있습니다. 그들은 시내 둑 위를 걸어갔고, 그 시내 위로 떨어지는 불덩이들은 시냇물이 모두 삼켜버렸습니다. 버질은 이 시내와 관련한 조각상에 대하여도 말합니다. 크레타의 노인 조각상의 4개의 금속들은 모두 각각 인간 타락의 역사를 상징합니다. 노인의 철제 두 다리는 제국과 교회이고, 특히 흙으로 만들어진 오른발은 교회제도입니다. 조각상의 아래로 갈수록 타락은 악화되어 갑니다. 그렇게 머리 아래 갈라진 눈물은 인간의 죄를 말하고 있습니다.

바다 한 가운데 크레타(Creta)라 불리는 황무지 땅이 있다. 그곳에서 신들의 왕 새턴(Saturn)이 세상을 다스릴 때는 황금시대였다. 그리고 그때 섬에 있는 이다(Ida) 산에는 나무숲이 무성하고 샘물이 마르지 않았다. 그러나 지금 그 섬은 다 쓰다버린 넝마같이 버려졌다. 새턴의 아내 레아(Rhea)는 그 산을 자신의 아이 주피터(Jupiter)의 요람으로 삼았다(새턴은 태어난 자신의 아들이 자신의 왕위를 빼앗을 것이라는 예언을 믿고 태어나는 모든 아이를 잡아먹었다. 레아는 돌에 싼 자루를 자신과 새턴 사이에 태어난 아이라고 새턴에게 주고, 둘 사이에서 태어난 주피터를 이다산에 숨겼다). 주피터가 혹시 울기라도 하면, 레아는 술의 신 디오니소스의 여자사제들에게 큰 소리로 노래하라 하였다. 그 산에는 매우 커다란 노인 조각상이 하나 서 있었다. 그 조각상은 등을 동쪽 이집트의 도시 다미에타(Damietta)로 돌리고, 거울 속을 바라보듯 로마를 바라보고 있었다. 그의 머리는 황금이고, 가슴과 팔은 은이고, 배와 허벅지는 청동이고, 오른발이 구운흙인 것을 제외하고 두 다리와 왼발 모두 철이었다. 그 노인상은 다른 발보다 오른발에 기대어 있었다. 황금 머리를 제외하고 모든 곳은 갈라져 틈이 생기고, 틈으로부터 눈물이 흘러내렸다. 눈물은 모여서 그곳에 있는 동굴을 통해 흘러서 바위와 바위 사이로 길을 내면서 이곳 지옥까지 흘러 내려왔다. 그 눈물은 흘러와 지옥의 강 아케론(Acheron)이 되고, 늪의 강 스틱스(Styx)가 되고, 피의 강 플레게톤(Phlegethon)이 되었다가, 우리가 지금 있는 이 작은 시내를 통해 흘러서, 더 이상 갈 곳이 없는 맨 아래 제9지옥, 반역자들이 머무는 얼어붙은 호수 코키터스(Cocytus)에 도착한다. ─ 「지옥」 캔토 14:94-119


버질이 쓴 『아이네이드』에서 크레타 섬에서 새턴이 지배했던 세상은 황금시대였고, 이다산은 에덴동산이었습니다. 그러나 크레타 섬의 그 노인은 단테가 구약의 예언자 다니엘(Daniel)의 꿈을 재해석한 것입니다. 바빌론의 왕 느부갓네살(Nebuchadnezzar : 605-562 B.C.)은 어느 날 꿈을 꾸고는 자신의 나라에 있는 모든 현자들, 예언가들, 점술가들, 점성가들을 불러, 그가 무슨 꿈을 꾸었는지 먼저 말하고 그 꿈을 해석하라 말합니다. 현자들은 왕이 무슨 꿈을 꾸었는지 알 수 없으니 꿈을 먼저 이야기해달라고 하였습니다. 그러자 어떻게 현자가 예언 능력이 없느냐며 현자들 모두를 사형하라고 명령하였습니다. 이때 유다에서 추방당해 바빌론에 온 다니엘이 왕의 꿈을 해석하겠다 말합니다. 그는 밤에 하나님께 기도하여, 하나님으로부터 왕의 꿈의 내용을 환상으로 보게 됩니다.

왕의 앞에 커다란 조각상 하나가 서 있다. 눈부시게 거대한 조각상은 보기에도 무섭다. 조각상 머리는 금이고, 가슴과 팔은 은이고, 배와 허벅지는 청동이고, 다리는 철이다. 그리고 발은 철과 흙이 섞여 있다. 왕이 그 조각상을 바라보고 있을 때, 산으로부터 빠져나온 바위 하나가 굴러와, 철과 흙으로 된 발 위에 서 있는 조각상과 부딪혀 조각상을 산산조각낸다. 그 상은 사람의 손으로 파괴된 것이 아니었다. 철과 흙과 청동과 은과 금이 모두 조각나서, 여름날 타작마당의 곡식알갱이에서 빠져나온 껍질과 같이, 바람에 흔적도 없이 사라졌다. 그러나 그 조각상을 부순 돌은 거대한 산이 되어 땅 위에 가득했다. ─「다니엘」 2:31-35

그리고 다니엘은 꿈을 다음과 같이 해석합니다. 하나님이 세상을 지배하게 권력을 준 왕은 황금머리이고, 그가 치세하였던 시대는 황금시대입니다. 이후 은, 청동, 그리고 철의 시대는 왕들의 치세가 풍요롭지 못하였음을 나타냅니다. 그리고 마지막 네 번째 철의 시대에 흙과 철이 뒤섞이는 시대가 오면, 나라의 일부는 강하지만 나라의 나머지는 약해져 있음을 말합니다. 나라를 통일할 만큼 강력한 국가는 아닙니다. 그때 하나님은 결코 파괴되지 않을 다른 하나의 왕국을 세울 것입니다. 그리고 이 왕국만이 열강들을 제압하고 영원한 나라로 남을 것입니다. 그것이 다니엘이 해석한 꿈 내용입니다.

# XV

사람들은 막무가내로 호기심에 이끌려 전혀 근거도 없는 낯선 것들에 마음을 빼앗긴다. 그들은 단지 그곳에 그들이 찾고 있는 것이 있을지도 모른다는 생각만 가지고 뛰어든다. 어찌 되었든지 보물을 찾아야겠다는 어리석은 욕망에 사로잡혀 일을 저지른다. 그렇게 그들은 행인이 잃어버렸을지도 모를 보물을 찾아 거리를 헤매고 다닌다. 거의 모든 화학자, 기하학자 그리고 많은 철학자들이 그런 방식으로 연구한다. 물론 헤매다가 진리를 발견하는 행운을 누릴 수 있다. 그러나 그들이 진리를 발견한 것은 근면으로가 아니라 행운이 따라서이다. 진리를 찾는 방법 없이 찾아 나서기보다 차라리 찾아 나서지 않는 것이 낫다. 왜냐하면 그렇게 찾은 진리는 분명하지 않고, 잘못된 연구와 그릇된 사고로 이성의 빛이 분명 마비되어 있다. 어둠속을 자주 걸어 어둠에 익숙한 사람은 대낮의 밝은 빛을 참을 수 없을 만큼 시력이 약화되어 있다. 우리가 경험으로 자주 알 수 있는 사실은, 학교에서 공부만 한 사람들보다 전혀 공부하지 않은 사람들이 단순한 사실을 더 진실하고 분명하게 판단한다. 내가 말한 '방법'은 쉽고 분명한 규칙이다. 주의 깊게 그 규칙을 사용한다면 누구나, 거짓을 진리라 생각하지 않고, 쓸데없는 것에 시간을 낭비하지 않고, 과학적인 지식을 차곡차곡 쌓아서, 그들이 알 수 있는 모든 것을 올바르게 이해할 수 있을 것이다. – 데카르트(1596-1650), 「진리 추구 규칙들」(1701), 넷째 규칙

어떻게 살 것인가를 생각하지 않고 아무 생각 없이 살아가는 사람처럼 어리석은 사람은 없습니다. 내가 살아가는 것이 아니고 사회가 살아가는 것이어서 그렇습니다. 이상적인 사회는 우리가 만들어가는 것이어서, 우리가 없는 사회는 황무지가 됩니다. 우리가 사회를 지배해야지 사회가 우리를 지배하면 폭력입니다. 생각 없이 살아가는 것만큼 위험한 인생은 없습니다. 세상은 다 그렇지 않습니다. 세상은 우리가 자신을 바꾸어주기를 기다리고 있습니다. 변화를 주어 세상에 생명을 주어 박동하게 하여야 합니다.

자살자들이 나무로 변하여 숲을 이루고 있는 슬픔의 숲을 뒤로하고, 불덩이 떨어지는 사막을 가로 질러 흐르는 시내의 강둑 위를 두 시인들이 걸어갑니다. 그때 단테는 인간 본성을 거슬렀던 동성애자들을 만납니다. 그들 가운데 단테의 스승이었던 브루네토 라티니(Brunetto Latini : 1210-1294)는 단테를 알아보고 말합니다.

아들아, 동성애자 무리들 가운데 누구라도 잠시 멈추어 세우면, 모래밭에 누워서 하늘에서 떨어지는 불덩이를 방어도 못하고 맞으며 100년을 지내야 한다. 그러니 우리 그냥 계속하여 이야기하며 걸어가자. 나는 너와 이야기하며 보조를 맞추다가 후에 자신이 영원히 지옥에 떨어졌음을 후회하는 나의 무리들과 다시 합치겠다. - 「지옥」 캔토 15 : 37-42

그리고 라티니가 단테의 미래를 말하자, 단테가 말합니다.

모든 나의 기도들이 모두 다 이루어지려면, 당신이 그렇게 빨리 죽음의 자리로 돌아서지 말았어야 합니다. 나를 사랑하여 나의 부모와 같았던 당신의 모습은 아직도 나의 기억에 아로새겨져 나의 마음에 울림을 줍니다. 세상에 살아있을 때 당신은 내가 세상에 어떻게 이름을 영원히 남길지를 가르쳐주었습니다. 내가 살아있는 동안 그 일에 대하여 당신께 아무리 많이 감사해도 부족합니다. 그리고 나의 미래에 대한 당신의 말씀은 이미 캔토 10에서 파리나타의 예언으로 알고 있어 그곳에 기록하여 간직하고 있습니다. 베아트리체를 후에 만나면 예언의 의미에 대하여 설명해 달라 하겠습니다. 나는 이 정도로 이야기하더라도 크게 마음에 꺼림은 없습니다. 나의 운명의 여신이 하려는 대로 맡기겠습니다. 나의 운명의 예언이 처음은 아닙니다. 운명의 여신이 하고 싶은 대로 운명의 바퀴를 돌리라고 말하겠습니다. 광대가 지팡이를 돌리는 정도로 생각하겠습니다. -「지옥」 캔토 15:79-96

라티니는 단테보다 50살 연상으로 그가 죽었을 때, 단테는 시인으로 명성을 얻었던 29세였습니다. 단테는 『신곡』에서 자신을 추방하고 비방한 사실에 대하여 자신을 변호하고, 그가 살았던 플로렌스와 세상을 비판하고 있습니다. 그래서 『신곡』 지옥에 등장하는 많은 사람들은 정적들이 대부분입니다. 이곳에서 단테는 스승을 동성애자로 지옥에 위치해 놓았지만, 그에게 고마움을 표현하고 있습니다. 라티니는 공적으로 훌륭한 시인이고 학자로 당대뿐 아니라 후대에도 많은 사람들이 그로부터 지혜를 얻었습니다. 그러나 사적인 삶은 훌륭하지 못했습니다. 그래서 그는 동성애자 무리들 가운데 하나로 이곳 제7지옥에 있습니다.

　세상이 변함이 없는 것이 아니라, 우리가 변함이 없어 세상이 변함이 없어 보이는 것입니다. 일상이 지루한 것이 아니라 우리가 지루한 사람입니다. 세상은 우리를 변화시키려고 시간을 계속하여 바꾸고 있습니다. 그리고 우리는 변화하려 하지 않습니다. 우리가 변화의 부정적인 측면을 바라보아서입니다. 우리는 성숙이 가져오는 부패와 질병과 나이 듦에 대하여 두려워하고 있습니다. 그들은 우리가 보듬어 안고가야 하는 부분들입니다. 성숙하여 생긴 부산물입니다.

　　강자는 변화를 주고, 약자는 변화를 받는다.
　　나의 사고공간이 곧 나의 행동공간이다.
　　도덕을 말하는 자는 약자이고, 강자가 곧 도덕이다.
　　도움 받을 수 있는 자는 약자이다. 강자라면 도움 받을 생각을 하겠나?
　　우리가 인간에 대하여 이야기하는 것은 우리가 하나님을 몰라서이다.
　　남들의 심금을 울리려면 우리가 먼저 깊은 곳까지 내려가야 한다.
　　이야기대로 세월이 흘러가며 예언이 된다.
　　세월이 이야기가 된 시대가 있다. 황금시대가 그것이다.
　　우리는 우리가 만든 이야기에 갇혀 있다. 우리는 이야기를 만들어 가며 우리가 만든 이야기에 취해 살아간다.

반복해야 이해할 수 있어, 이해하기 위해 반복한다.

우리는 낯선 것을 반복에 집어넣어 익숙한 것으로 만들어야 그때 비로소 이해한다.

반복하지 않으면 현실이 아니다.

시련이 나의 강건함을 보고 피해간다.

환경이 바뀌어 내가 바뀌고, 내가 바뀌어 환경이 바뀐다.

어둠속에 있으면 빛을 모르고 빛 속에 있으면 어둠을 모른다. 그림자를 보아야 빛을 이해한다. 그러니 어두울 때 빛을 보고 빛에서 어둠 보아야 지혜이다.

인간은 길을 만들며 가고 하나님이 가는 곳이 길이다.

하나님이 이곳에 계시다며 왜 기도하나?

# XVI

진리를 발견하기 위해 우리는 마음에 두고 있는 것들을
질서 있게 정리하여야 한다. 이 방법을 실행하기 위해 먼
저 우리는 복잡하고 모호한 명제들을 단순한 명제들로 바
꾸어야 한다. 그리고 이들 단순한 명제들을 가지고 우리
가 진리를 발견하고자 하는 것들을 다시 질서 있게 정리
하면 된다. – 데카르트(1596-1650),「진리 추구 규칙들」
(1701), 다섯째 규칙

어렵다 생각되는 문제들이 있다면, 그 문제들을 단순화된 명
제를 가지고 처음부터 단계적으로 위로 올라가며 풀어가
라 합니다. 어려움에는 무언가 처음이 꼬여 있습니다. 그러니 처음을
풀어야 합니다.

단테는 제7지옥이 거의 끝나가는 지점에 이르러 사기꾼(fraud)이
있는 제8-9지옥으로 가기 전, 절벽으로부터 천둥소리와 같이 떨어
지는 폭포 소리를 듣습니다. 그리고 그는 그곳에서 자신의 가족들과
같이 겔프당원(Guelf)으로 유명한 동성애자 귀족 정치가들 세 사람
을 만납니다. 우리는 캔토 15에서 이미 단테의 문학 스승 브루네토

(Brunetto)로 대표되는 문인 동성애자들을 보았습니다. 단테는 캔토 16에서 동성애자 정치가들을 만납니다. 단테는 스승에게 그러했듯이 그들에게 예의를 갖추어 존경을 표합니다. 그리고 그가 천국에 있는 베아트리체의 도움을 받아, 버질의 안내를 받아 살아있는 몸으로 지옥을 거쳐 천국을 향하여 가고 있다 말합니다. 그때 그들 3명 중 한 영혼이 말합니다.

"당신 영혼이 당신의 육체 속에 많은 세월 머물러 있기를, 그리고 당신이 죽은 후에도 당신의 명성이 영원히 빛나기를 바랍니다. 우리의 도시 피렌체가 옛날에 그러했듯이 아직도 용기와 예절이 밝게 빛나고 있는지, 아니면 그들의 불씨가 완전히 꺼졌는지 말해 주시오. 최근에 우리와 합류한 저기 달려가는 굴리엘모 보르시에 레(Guiglielmo Borsiere)가 들려준 말 때문에 우리들 마음이 매우 괴롭습니다."

"피렌체여! 너는 자수성가하거나 벼락부자가 된 쓰레기들이 과도함과 자만심의 씨앗을 뿌려 고통으로 울부짖고 있구나"라고 내가 피렌체를 행하여 큰 소리로 말하자, 그들은 내가 말하고자 하는 뜻을 알아채고, 진실을 알게 된 사람과 같은 표정으로 서로를 바라보았다. -「지옥」캔토 16:64-79

피렌체의 유명한 세 정치가들과 헤어진 두 시인들은 다음 제8-9 사기꾼(Fraud) 지옥으로 가기 전 폭포가 있는 절벽 가장자리에 다가 갑니다. 이때 단테는 자신이 허리에 두르고 있던 허리띠를 풀어 버질에게 건네줍니다. 그리고 버질이 허리띠를 절벽 아래 폭포로 던지자 3개의 머리를 가진 인간괴물 게리온(Geryon)이 수영을 하여 그들에게 나타납니다. 캔토 1에서 단테는 젊은이들이 쉽게 죄짓는 무절제의 상징 표범(Leopard)을 만났을 때 허리띠를 풀어 표범을 제압하려 했습니다. 그는 무절제의 아류인 성욕, 탐식, 탐욕과 화냄의 지옥들을 지났습니다. 그리고 사자를 대표하는 폭력의 죄인들이 있는 지옥을 떠나며, 절제와 정절을 상징하는 허리띠를 버립니다. 그는 이제 허리띠가 없어도 될 만큼 다양한 지옥들을 지나며 강건한 영혼이 되었습니다.

피렌체는 부정부패로 건강함을 잃어 고통스러워합니다. 공적인 사회의 건강함이란 무엇입니까? 공적 이익보다 사적 이익이 우선하여서입니다. 부정부패는 현재만 생각하고 미래를 생각하지 않습니다. 단테는 부정부패의 원인이 자수성가형 인간들과 벼락부자들이 권력을 잡아서라고 말합니다. 그들은 절제를 몰라 과도하고, 무엇보다 자만심이 가득합니다. 자수성가형이나 벼락부자나 모두 자기중심적이고 미래를 생각하지 않아, 당대의 즐거움에 탐닉합니다. 그들 모두 자신들을 위하여 살아갑니다. 타인보다 자신이 중요합니다. 그리고 미래를 생각하지 않아 절제하지 않아 과도하고 예의를 무시합니다.

식물은 아름다운 꽃을 피운 후 열매를 맺습니다. 열매는 미래입니다. 부패함이란 불임과 같이 열매를 맺지 못함을 말합니다. 열매를 맺기 위해서는 반드시 희생이 뒤따라야 합니다. 자기중심적인 생활에서 벗어나야 합니다. 타인을 존중해야 합니다. 자신만 생각하고 당대만 생각하면 우리는 열매가 없어 미래를 잃고 맙니다. 그것이 부패이고 불임입니다. 성숙함이란 자신을 희생한 열매 맺음입니다. 열매란 자신을 희생하여 희생한 만큼 쌓아놓은 축적된 결과입니다. 홀로 다 써버리지 않고 희생하여 떼어내 놓은 결과물이 열매입니다. 자신이 희생되어야 꽃으로 피어나 열매 맺습니다. 미래란 내가 있을 곳이 아닙니다. 그러니 내가 없어야 그곳에 미래가 있습니다. 우리의 죽음이 곧 미래입니다. 우리의 성숙함이란 미래를 은유하는 열매입니다. 그 열매가 희망이 되어야 합니다. 자기중심이면 미래가 없어 당대에 사라짐입니다.

지옥에서 동성애자들을 부정하는 것은 그들이 불임의 은유이어서입니다. 그들을 문자 그대로 해석하면 동성애자들을 혐오하게 됩니다. 그들도 하나님의 자식들입니다. 우리가 하나님의 신비를 어찌 알겠습니까? 그렇다면 판단하지 말아야 합니다. 내가 말할 수 있는 것은, 그들은 미래가 없는 은유일 뿐입니다. 인류 역사에서 그들이 이뤄 놓은 문화 축적물이 이성애자들보다 더 많습니다. 하나님의 비밀입니다. 그들은 달리 생각하는 사람들입니다. 그들 때문에 우리는 달리 생각합니다. 그리고 발전하고 진보합니다. 달라야 발전하고 진보합니다. 인류 역사에서 우리 생각이 틀리다 말하는 부류가 바로 그들이었습니다. 인류 전체를 생각하면 그들이 미래입니다. 하나님은 사생아가 아닌 적자와, 부자와 권력자 모두를 옳지 않다 했습니다. 그들은 자신들이 옳다고 생각하는 자들입니다. 하나님이 아니라 자신을 믿는 자들입니다.

우리는 지옥에서 공적인 삶에는 성공하였지만 사적인 삶에서는 실패한 사람들을 많이 봅니다. 공적인 삶과 사적인 삶의 조화가 이처럼 매우 어렵습니다. 그러나 단테는 정의의 기준을 공적인 인생이 아닌, 사적인 인생에 무게 두어 판단했습니다. 우리가 모르고 있었던 비밀들, 당사자만 알고 있는 비밀들이 곧 정의의 판단기준이었습니다. 단테가 생각하기에, 하나님은 우리가 살아서 무엇을 했느냐가 아니라, 어떻게 살았느냐를 두고 판단합니다. 그렇지 않겠습니까? 인간은 다양한 환경에서 태어나지 않습니까? 그러니 무엇보다는 어떻게 살았는가가 판단기준이어야 합니다.

성숙함이란 홀로 있어도 외롭지 않아 두리번거리지 않고 사고할 수 있음에 있습니다.

# XVII

메뚜기 떼들이 전투 준비하는 말들 같았다. 메뚜기들은
머리 위에 황금 관들을 쓰고, 인간의 얼굴 같았다. 여자들
의 머리털을 하고, 사자의 이빨을 가졌다. 철 가슴 판 옷
입고, 날갯짓 하자 전쟁터로 달려가는 마차들 천둥소리였
다. 그들은 전갈의 꼬리에 독침을 달아, 그 침에 찔리면 5
달을 누워있어야 했다. −「요한계시록」9:7-10

숭고함의 축복된 상태에 놓여있자, 신비의 짐, 즉, 알 수
없는 이 세상이 가져온 무겁고 힘겨운 짐이 가벼워졌다.
그 숭고함의 정적이 흐르는 축복의 상태에 있으면, 과거
의 아름다운 기억들이 우리를 이끌고 가서, 마침내 이 육
체가 뿜어내는 숨결과 우리 몸에 흐르는 피도 잠시 멈추
고, 우리 육체는 깊은 잠에 빠져 영혼만이 살아남는다. 그
때 조화의 힘으로 정적을 바라볼 수 있는 눈과, 마음 속
깊은 곳에 있는 기쁨의 능력으로, 우리는 비로소 모든 사
물들이 생명을 갖고 있음을 바라보게 된다. − 워즈워드,
「틴턴 애비」(「Lines Composed a Few Miles above
Tintern Abbey」), 37-49

**사**기(Fraud)는 비인간적인 행위입니다. 이 사기꾼을 게리온
이 관리합니다. 게리온은 「요한계시록」(9:7-10)에 나오는
메뚜기 떼와 같은 모습입니다. 그리고 신화에 등장하는 게리온은 3
개의 얼굴에 하나의 몸통을 가지거나, 또는 3개의 머리에 3개의 몸을
가진 괴물입니다. 그는 많은 소떼를 거느리고 있었는데, 헤르쿨레스
가 소를 훔쳐가자 뒤쫓다가 그에게 살해됩니다. 중세의 전설에 따르
면 게리온은 나그네를 손님으로 받아 그들을 죽이고 재산을 취하였
다고 합니다. 그렇게 그는 사기꾼이었습니다. 두 시인은 사기꾼의 지
옥으로 들어가기 전, 사기꾼 같은 모습의 게리온을 만납니다.

> 게리온의 얼굴은 정의의 사도의 얼굴과 같고, 겉모습은 너무나 우
> 아했다. 그러나 몸통은 뱀이었고, 짐승의 발들에 팔은 어깨까지 온
> 통 털이었고, 등과 가슴 그리고 양쪽 옆구리 온통 매듭들과 작은 원
> 무늬들로 가득했다. 타타르인들과 터키인들도 양탄자와 자수 무늬
> 에 이들보다 더 많은 물감들을 쏟아 부을 수 없이 화려했다. 옷감 짜
> 는 고수로 미네르바와 겨뤘다가 패하여 거미로 변한 아라크네도 그
> 런 무늬 만들어 낼 수 없다. 해안가에서 물과 육지에 반씩 놓여있
> 는 작은 배와 같이, 물고기를 유혹하려고 꼬리를 물속에 넣고 앉아
> 있는 비버와 같이, 그렇게 그 사악한 짐승은 사막과 절벽을 경계 짓
> 는 가장자리에 앉아있다. 꼬리를 하늘 위로 뒤틀어 올리고 흔들었
> 다. 그 꼬리는 전갈과 같이 꼬리 끝에 독침이 있었다. ─「지옥」캔토
> 17:10-27

두 시인은 게리온과 사막과 떨어지는 불꽃을 피하여 낮은 곳으로 내려가 사막이 끝나는 지점에 앉아있는 고리대금업자들이 있는 곳으로 왔습니다. 그리고 버질은 사기꾼 지역으로 내려가기 위해 게리온에게 등에 태워 달라고 부탁할 동안, 단테에게 그들의 모습을 관찰하고, 이야기하고 싶으면 그들 가운데 골라서 누구라도 이야기하라고 합니다.

　나는 고리대금업자들이 앉아있는 제7지옥 가장 끝까지 홀로 갔다. 그들의 고통은 그들의 눈만 보아도 알 수 있었다. 그들은 손을 들어 이리저리 떨어지는 불덩이를 막고, 불타는 사막 위에 이리저리 옮겨 앉았다. 그들의 모습은, 여름날 벼룩과 각다귀 그리고 쇠파리가 물어뜯는 것을 피하기 위해, 부지런히 움직이거나, 코로 쫓거나, 네 발로 쫓는 개들과 같았다. 끔찍한 불덩이들이 떨어지는 가운데 있는 사람들 얼굴을 보았지만 아는 사람은 없었다. 그러나 그들 모두 가문을 상징하는 장식 있는 색 주머니들 하나씩 목에 걸고 있었다. 그들은 이들 문장들을 뚫어져라 바라보았다. 나는 그들 사이로 들어와 둘러보았다. 노란 주머니에 하늘색으로 사자의 얼굴과 모습을 그린 문장이 있고, 버터보다 하얀 거위가 핏빛 붉은 색 주머니에 그려있는 문장이 있었다. 그때 흰색 주머니에 새끼 밴 하얀 암퇘지의 문장을 가진 주머니를 목에 걸고 있는 자가 말했다 : "지옥에서 뭐하냐? 꺼져라. 너는 산 자이니, 너의 고향 피렌체 고리대금업자 비탈리아노(Vitaliano)가 지금은 살아있으나 언젠가 이곳 내 왼쪽에 올 것을 알 것이다. 나는 파두아 출신 고리대금업자로 지금 피렌체 고리대금업자들과 함께 있다. 그들은 자주 비탈리아노를 소리쳐 불러 내 귀가 찢어질 지경이다:세 마리 염소들 그려진 돈주머니 목에 걸고 비탈리아노가 이곳에 오게 하라!" 그리고 그 자는, 혀로 코를 부비는 황소와 같이, 입을 뒤틀어 혀를 쑥 내밀었다. 빨리 가라는 경고와 같아 더 머물러 있다가는 그가 화를 낼까 두려워, 그 못된 영혼들을 뒤로하고 버질에게로 돌아왔다. ㅡ 「지옥」 캔토 17:43-78

단테는 그들 누구와도 말하지 않았습니다. 아는 사람이 없어서이기도 하고, 지옥에 와서조차 문장을 목에 걸고 허세 부리는 그들이 마땅치 않았습니다. 그래서 그는 길게 문장이 그려 있는 주머니들에 대하여 말하였습니다. 이제 단테는 버질에게 돌아와 게리온의 등에 올라타고 절벽 아래 폭포로 내려갑니다. 그리고 두려워하는 단테를 뒤에서 버질이 꼭 안아줍니다. 두 시인을 등에 태우고 게리온은 천천히 원을 크게 그리며 천천히 아래로 내려갑니다. 내려갈 때 양쪽으로 천둥 치듯 폭포 소리가 요란했습니다. 마침내 게리온은 두 시인을 뾰족한 바위 아래 내려놓고 시위를 떠난 화살 같이 사라집니다.

나는 이곳에서 게리온의 몸에 그려진 '매듭들과 작은 원들'에 대하여 이야기하고 싶습니다. 이들 무늬들이 갖는 의미에 대하여는 말할 수 있다면 구체적으로 후에 이야기하겠습니다. 「요한계시록」에서와 같이 단테가 언어로 써놓은 설명되지 않는 신비한 이미지들이 『신곡』에는 많이 있습니다. 이미지는 언어와 달리 시공간과 무관합니다.

그래서 그런 이미지를 상징이라 말합니다. 단테는 이미지를 말하고 설명하지 않습니다. 그는 설명할 수 없어 이미지로 말합니다. 그 설명되지 않은 이미지가 비전(Vision)입니다. 설명이 불가능한 깨달음입니다. 그냥 보여줄 수만 있을 뿐입니다. 진실한 깨달음은 언어로 설명이 불가능합니다. 비전은 처음부터 시공간에 잡아둘 수 없는 이미지입니다. 그 이미지가 시공간의 지배를 받는다면 변화무쌍하여 영원할 수 없어 비전이 아닙니다. 그러한 의미에서 비전은 밤의 언어입니다. 빛으로 나올 수 없는 언어입니다. 사실 깨달음이란 우리가 그것을 알아채기 이전에 이미 우리 안에 들어와 있는 어둠입니다. 그렇게 비전은 어둠입니다. 신비입니다. 설명이 불가능한 깨달음입니다.

우리는 미래에 꽃 피워 열매 맺을 씨앗이어야 합니다. 우리가 스스로 완성된 모습을 가지려해서는 안 됩니다. 완성되면 미래가 없습니다. 자수성가와 벼락부자의 위험은 그들이 자신을 완성형으로 생각해서입니다. 우리가 신비함을 갖지 못하면 우리에게 미래가 없습니다. 우리를 닫지 말고 열어두어야 합니다. 결론짓지 말고 가능성으로 남아야 합니다. 무엇을 하며 살 것인가 생각 말고 어떻게 살 것인가를 생각해야 합니다. 무엇은 우리를 규정하고 어떻게는 우리를 열어놓습니다. 신비는 찾는 자의 몫입니다. 찾을 수 없는 것을 찾아야 신비입니다. 신비는 처음부터 찾을 수 없는 것입니다. 우리가 그렇습니다. 우리가 신비롭습니다. 내가 규정할 수 없는 신비이어야 합니다. 나를 열어놓아야 신비의 세계로 갈 수 있습니다. 우리가 바라보는 것이 바로 우리입니다. 신비는 어둠입니다. 우리 인생 자체가 신비이고 어둠입니다. 육체의 눈이 아닌 영혼의 눈을 뜨면 어둠의 신비가 열림을 바라 볼 수 있습니다. 이미지에 빠지지 않으면 우리는 신비에 다가가지 못합니다. 세월을 붙잡고 놓아주지 않아야 세월이 뭔가를 우리에게 남겨줍니다. 남겨놓습니다. 이미지는 붙잡고 한참 있어야 합니다. 말해줄 때까지 잡고 있어야 합니다. 세월이 그저 지나쳐 가게 바라보고만 있지 말아야 합니다. 우리 인생이 신비라면 그 신비를 꼭 붙잡고 매달려야 합니다. 절대로 흘러가게 놓아두지 말아야 합니다.

# XVIII

훌륭한 시인은 인간이 가지고 있는 감정을 그를 대신하
여 단순히 표현하기만 하는 것은 아닙니다. 그는 인간이
지금까지 가지고 있었던 감정을 수정하고, 그가 이전에는
가지지 않았던 새로운 감정을 창출하여, 더 순수하고 더
올바르고 더 영원한 감정을 만들어냅니다… 그는 인간과
함께하며 그의 곁에 있어야 하지만, 때로는 그보다 앞서
가야합니다. – 1802년 6월 7일 워즈워드가 존 윌슨에게
보낸 편지

단테는 사기꾼(Fraud)의 지옥인 제8지옥을 지옥구덩이
(Malebolge)라 부릅니다. 제8지옥은 10개의 원형구덩이들
이 점점 작은 동심원을 그리며, 지옥의 중심인 제9지옥 우물을 향해
있습니다. 그리고 이들 10개의 지옥구덩이들의 강둑들은 마차 바퀴
살과 같은 아치형 다리들로 연결되어 있습니다.

지옥에는 지옥구덩이라는 곳이 있다. 그 지옥구덩이들을 둘러
싸고 있는 벽은 쇠 색깔의 돌로 지어졌다. 그 끔찍한 공간의 가운
데에는 대단히 넓고 대단히 깊은 우물, 제9지옥이 있다. 그 지옥구

조에 대하여는 그곳에 갔을 때 이야기하겠다. 그 우물과 바위로 지어져 높은 둥근 벽 사이에 구덩이는 둥글다. 그리고 그 둥근 벽 아래는 10개의 원형 계곡들이 나뉘어 있다. 제8지옥의 성을 구성하는 10개의 성벽들을 보호하기 위해, 10개의 해자들이 성벽을 둘러싸고 있는 듯하다. 그 모습은 그러했다. 그리고 작은 성채들은 해자들을 가운데 두고, 그들 성채들의 입구들과 바깥 외부를 연결하기 위해 다리들이 놓여 있다. 제9지옥 우물에 이르기까지 10개의 원형구덩이들 사이에는 개울들을 연결하는 아치형 다리들이 가로질러 놓여 있다. ―「지옥」캔토 18:1-18

게리온(Geryon)의 등에서 내린 두 시인은 이제 제8지옥의 첫 원형 구덩이에 이르러 포주들(Panders)과 유혹자들(Seducers)이 2열을 형성하고는, 구덩이에서 서로 반대 방향으로 뛰어가는 것을 봅니다. 그들 죄인들은 자신들의 정욕을 만족시키기 위하여 자신의 순수함을 포기한 자들입니다. 그들은 그곳에서 뿔 달린 악마들의 채찍들을 피해 도망치고 있습니다. 문학작품 속에서 뿔은 전통적으로 간통과 연관되어 사용되는 은유였습니다.

오른쪽으로 새로이 시작되는 고통과 고뇌, 그리고 죄를 응징하는 낯선 자들을 나는 보았다. 첫 번째 도랑은 이런 것들로 가득했다. 도랑 바닥에 있는 죄인들은 모두 벌거숭이였다. 도랑 한 가운데로 우리를 바라보고 반대편에서 오는 자들이 있고, 우리와 함께 가는 자들도 있다. 그들 둘 모두 우리보다 더 빨리 가고 오고 있었다. 축제가 열리는 해에 로마인들이 바깥으로 너무 많이 쏟아져 나와서, 시 당국에서 다리 위를 통제하기 위해, 한쪽 사람들은 성 안젤로 성을 바라보고 베드로 성당 쪽으로 가게 하고, 다른 쪽 사람들은 지오다르노 산을 바라보고 가게 할 때와 같이, 그들은 서로 반대 방향으로 갔다. 그리고 양쪽으로 도랑을 따라 뿔 달린 악마들이 서서 채찍을 들고 죄인들의 등짝들을 잔인하게 때렸다. 아! 악마들이 때리는 채찍질에 죄인들은 아파 그들의 발뒤꿈치를 높이 들었다! 그러나 죄인들은 두 번째 또는 세 번째 채찍질 맞을 일 없이 달려갔다. - 「지옥」 캔토 18 : 22-39

단테는 이곳에서 자신과 같은 방향으로 가는 무리들 가운데, 자신이 알고 있는 죄인을 만나 이야기합니다. 그때 악마가 다가와 채찍질하며 "이 포주 놈아, 여기는 네가 돈으로 바꿀 여자들이 없다"라고 말합니다. 그리고 그는 버질에게 돌아와, 다른 방향에서 오는 유혹자 제이슨(Jason)을 만납니다. 제이슨은 황금양털을 찾아 배 아르고노트(Argonaut)에 영웅들을 싣고 떠나 양털이 있는 콜키스(Colchis)로 가는 길에 렘노스(Lemnos)에 들러 힙시파일(Hypsipyle)을 유혹하여 임신시키고 그녀를 버리고 고향 이올쿠스(Iolcus)로 돌아왔습니다. 후에 그는 콜키스에 가서 그곳의 공주 메데아(Medea)의 도움으로 양털을 구하여, 그녀를 데리고 고향 이올쿠스(Iolcus)로 돌아옵니다. 그는 고향에 돌아와 메데아와 결혼하였다가, 후에 크레우사(Creusa)와 결혼하기 위해 그녀를 버립니다.

오래된 다리 위에 서서 우리는 우리 반대편에서 우리를 향해 오는 무리들을 보았다. 첫 번째 보았던 무리들과 같이 이들도 악마들로부터 채찍을 맞으며 왔다. 내가 묻지도 않았는데 버질이 말했다. "저기 오는 위인을 보아라. 그는 고통에 눈물 한 방울 흘리지 않는다. 왕답다. 그가 제이슨(Jason)이다. 그는 요기와 술수로 콜키스(Colchis) 사람들로부터 황금양털을 빼앗았다. 그는 용감하고 무자비한 여자들이 모든 남자들을 살해한 렘노스(Lemnos) 섬을 지나치다가, 그곳에 들러 선물과 유혹의 말로 렘노스의 공주 힙시파일(Hypsipyle)을 유혹하여 임신시키고, 고향으로 돌아올 때 그녀를 그곳에 버리고 떠났다. 힙시파일은 남자들이 모두 죽임을 당할 때 렘노스 여자들을 속여 아버지를 구하였던 여자였다. 두 번이나 여자를 유혹한 죄로 그는 이곳에 있다. 그렇게 메데아도 그녀를 버린 제이슨으로부터 복수를 받아낸 셈이 되었다. 제이슨과 같이 유혹한 자들이 모두 이곳에 있다. 첫 구덩이 도랑에 있는 자들 이야기는 이 정도만 하자. -「지옥」캔토 18:79-99

우리는 첫 번째 구덩이에서 '포주와 유혹자'를 만났습니다. 이들은 인간들이 가지고 있는 성적 욕구를 이용하여 자신들의 이득을 취하였습니다. 그들은 타인을 자신의 이득을 위한 도구로 사용하였습니다. 이제 두 번째 구덩이에 있는 '아첨의 말을 한 자들'은 타자의 욕망과 두려움을 빌미로 자신이 추구하고자 하는 욕망을 성취한 자들입니다. 이들은 언어를 남용하거나 부패하게 만든 자들입니다. 그들은 세상을 부패하게 만들어, 이곳에서 머리에 오물을 뒤집어쓰고 똥물 속을 뛰어다닙니다.

우리는 이제 두 번째 도랑으로 넘어가는 좁은 길에 왔다. 이곳에
는 또 다른 아치형 다리가 놓여 있다. 우리는 그곳에서 두 번째 웅덩
이에서 고통 받는 죄인들의 신음소리를 들었다. 그들은 주둥이로 숨
쉬며 자신들의 손바닥들로 자신들을 때렸다. 강둑은 그들이 내뱉어
놓은 오물들과 도랑 바닥으로부터 튀어나온 부유물들이 껍질들이
되어 더덕더덕 붙어있었다. 그들 눈과 코는 보기에도 흉물이었다.
도랑 바닥은 움푹 파여 산마루같이 걸려있는 아치 꼭대기 올라가서
내려다보면 모를까 그 바닥이 보이지 않았다. 우리는 아치 높은 곳
까지 가서 아래 도랑을 보았다. 많은 죄인들이 화장실의 똥과 같은
오물들 속에 갇혀 있었다. 나는 그곳에서 머리를 온통 똥물로 덮어
쓴 한 죄인을 보았다. -「지옥」 캔토 18 : 100-117

우리는 이곳에서 로마의 희곡작가 테렌스(Terence)의 희곡 「환관
들」(「Eunuchs」)에 등장하는 타이스(Thais)를 만납니다. 그녀는 작품에
서 매춘부였습니다. 그녀는 육체를 담보로 언어를 가지고 매춘한, 아
첨하는 자의 말을 한 인물입니다. 그녀는 더러워진 얼굴에 머리를 산
발하고, 더러운 손톱으로 자신을 긁어대며 앉았다 일어섰다 하기를
반복하였습니다.

# XIX

사마리아인들이 하나님의 말씀을 받아들였다는 소식을 전해들은 예루살렘에 있던 사도들이 베드로와 요한을 사마리아에 보냈다. 두 사도는 사마리아에 도착하여 그곳 사람들이 성령을 받을 수 있도록 새 신자들을 위해 기도했다. 그들은 이전에 예수 이름으로 세례받기는 했지만, 아직 아무도 성령 받지는 못하였다. 두 사도가 그들에게 두 손을 얹고 기도하자 그들은 성령을 받았다. 사도들이 손을 얹어 성령을 주는 것을 지켜본 시몬(Simon)이 두 사도들에게 돈을 주며 말했다 : "내가 손을 얹는 사람마다 성령을 받을 수 있는 그런 능력을 나에게 주시오." 그러자 베드로가 말했다 : "당신은 돈 때문에 망하리라. 당신은 하나님에 속한 것을 돈으로 살 수 있다고 생각하느냐? 우리가 한 일을 당신은 할 수 없다. 당신 마음이 하나님 앞에 옳지 못하다. 사악한 마음을 회개하고, 그런 생각을 마음에 품었던 일을 용서해달라고 하나님께 기도하라. 당신은 사악하여 죄에 사로잡힐 수 있다." – 「사도행전」 8 : 14-23

'**S**imony'는 '성직 매매'란 뜻으로, 이 말은 마법사 시몬 'Simon Magus'에서 나온 말입니다. 베드로와 요한이 성령을 주는 것을 본 마법사 시몬은 그의 돈을 받고 그들의 능력을 그에게 팔라고 했습니다(사도행전 8 : 14-23). '성직을 매매한 자'를 영어로 'simoniac' 또는 'simonist'라고 말합니다.

제8지옥 3번째 도랑은 '성직매매 죄인들'(simonist)이 있는 곳으로, 그들은 바위에 뚫려 있는 구멍들에 머리를 처박고, 두 발은 불이 붙어 타고 있습니다. 하나님께 속한 것을 자신의 것으로 취하여 돈을 갈취한 탐욕의 죄인들입니다. 그들은 하늘의 것을 세상의 것으로 바꾸어 사물의 질서를 더럽혔습니다. 돈을 벌려고 성직을 이용하여 자신의 가족을 돈 많은 사람과 결혼 중재한 것도 성직 매매에 속합니다. 다음에 소개하는 피렌체의 성 요한 성당은 단테가 세례 받은 곳으로 추방당하여서도 그리워하여 『신곡』에서 자주 언급하고 있습니다. 세례를 주는 분수 주위에는 세례줄 때 사제들이 서 있는 구멍들이 있습니다. 많은 아이들이 세례 받을 때, 많은 사람들이 몰려와 세례 주는 사제들을 넘어뜨리지 않도록 사제들이 서 있도록 한 구멍들입니다. 어느 날 한 아이가 이곳 구멍에 끼어 빠져나오지 못하였는데, 그때 단테가 구멍 주위의 대리석을 깨뜨려 아이를 구해준 사건이 있었습니다.

아, 마법사 시몬이로다! 오, 그의 추종자들이다! 올바르게 살겠다고 서원하고 하나님에 속한 것들을 팔아넘기고, 은과 금 때문에 간음을 일삼은 비열한 뚜쟁이들과 장사치들이다! 너희 때문이라도 최후심판 나팔소리 울려야 한다. 그때 너희는 영원히 구멍에 갇힌 자들 되리라. 세 번째 도랑이 너희를 가두리라. 나는 도랑둑들과 바다 모두, 검푸른 바위를 뚫고 같은 크기의 구멍들 가득한 것 보았다. 구멍들 모두 둥그렇고, 내가 보기에, 내가 세례 받은 성 요한 성당 세례 분수대 주위에 있는, 사제들이 서서 세례를 주기 위해 만들어진, 그들 구멍들보다 더 크지도 작지도 않았다. 그렇게 오래 되지 않은 어느 날 나는 그 구멍에 갇힌 아이를 구하려고 구멍 주위의 대리석을 깨뜨렸다. 이번 기회에 그 사건을 이야기해야 겠다. 모든 구멍들로부터 죄인들의 발들과 다리들이 허벅지까지만 나와 있었다. 그들의 나머지 신체부위들은 모두 구멍들 안에 숨겨 있었다. 그리고 두 발바닥은 모두 불붙어 있어서, 고통으로 다리를 흔들고, 참을 수 없을 지경이면 두 다리를 마구 흔들어, 두 발이 실가지들과 아마 줄까지도 두 동강낼 정도였다. 사물의 바깥에 단지 기름이 있는 부분만 불길이 나부끼듯이, 발꿈치부터 발끝까지만 불길이 나부꼈다. -「지옥」 캔토 19:1-30

두 시인은 이곳에서 성직매매의 죄를 지은 교황 니콜라스 3세 (Nicolas Ⅲ : 1277-80)가 바위 구멍에 머리를 박고, 두 발에 불이 붙어 있는 것을 봅니다. 그는 시칠리아의 왕 앙주의 찰스를 그의 질녀와 결혼시키려다 실패하자, 찰스를 폐위하려는 음모로 돈을 받고 시칠리아에 대학살 참사를 가져오게 했습니다. 바위 구멍에 머리를 처박고 있어 주위를 볼 수 없는 교황 니콜라스는 단테가 말을 붙이자, 자신의 위치에 오기로 되어있는 교황 보니파체 8세(Boniface Ⅷ)가 온

줄 알고 의아해 합니다. 지옥의 죄인들은 모두 예언능력이 있는데, 교황 보니파체 8세는 1303년에 죽기로 되어있는데, 보니파체가 3년 먼저 온 것이라 생각했습니다. 『신곡』에서 단테가 지옥을 방문한 해는 1300년입니다. 그래서 단테가 자신이 그를 대신할 교황 보니파체가 아니라고 말하자, 교황 니콜라스는 화를 냅니다.

　　이 말에 교황 니콜라스는 화가 나서 그의 두 다리가 절단날 정도로 두 다리를 마구 흔들었다. 그리고는 한숨지으며 울며 말했다. "나에게 무엇을 묻고 싶으냐? 왜 나의 이름을 알려 하느냐? 이름을 물어보려고 이곳까지 내려왔느냐? 한때 나의 어깨 위에 교황의 옷이 걸려 있었다. 나는 오르시니 가문의 자손이다. 그 잘난 가문의 영광을 위하여, 살아있을 때, 돈을 주머니 가득 채웠다. 그리고 지금 나는 주머니 같은 구멍에 나를 채우고 있다. 나의 머리 아래로 깊숙이 다른 교황들이 구멍 속에 잔뜩 들어있다. 나보다 이전에 돈이 좋아서 교황의 권력을 이용하거나 성직을 매매한 교황들이 있다. 그들 모두 깊은 바위 틈 속에 몸들을 숨여 처박혀 있다. 나 역시 나를 대신할 교황이 오면 그 아래로 처박혀 그들과 하나 될 것이다. 나는 네가 나를 대신할 교황이라 생각했다." -「지옥」 캔토 19:64-78

　지옥에서 성직매매 교황들이 처벌받는 바위 구멍은 하나입니다. 다음 교황이 올 때까지 구멍 속에 머리를 박고 있다가, 다음 교황이 오면 그는 더 깊숙이 구멍 속으로 처박힙니다. 단테는 성서에 나오는 성직매매의 사례와 「요한계시록」에 나오는, 탐욕으로 부패한 교회에 대하여 그리고 교황제도에 대하여 맹렬히 비판합니다. 그리고 권력과 재산을 교회에 주어, 기독교를 부패하게 한 첫 인물 콘스탄티누스 대제에 대하여 이야기합니다.

아, 콘스탄티누스 황제여! 당신은 교회에 얼마나 많은 해악들을 가져왔는가? 당신이 개종해서가 아니라, 당신이 권력과 재산을 교회에게 주어서이다! -「지옥」 캔토 19:115-117

# XX

네 구속자요 모태에서 너를 지은 나 여호와가 말하노라. 나는 만물을 지은 여호와다. 홀로 하늘 폈고, 나와 함께 한 자 없이 땅을 펼쳤으며, 헛된 말 하는 자들의 징표 폐하며, 점치는 자들 미치게 하며, 지혜로운 자들 물리쳐 그들의 지식 어리석게 하며, 나의 종의 말을 세워 주며, 나의 사자들의 계획 성취하게 하며, 예루살렘에 대하여는 이르기를 거기에 사람 살리라 하며, 유다 성읍들에 대하여는 중건될 것이라. 내가 그 황폐한 곳들 복구시키리라 하며, 물 많은 강들에 대하여 이르기를, 마르라 내가 네 강물들 마르게 하리라 하며, 바빌론에서 유대인 해방한 고레스에 대하여 이르기를, 내 목자라 그가 나의 모든 기쁨 성취하리라 하며, 예루살렘에 대하여는 이르기를 중건되리라 하며, 성전에 대하여는 네 기초가 놓일 것이다 하는 자이니라. −「이사야」 44:24−28

제8지옥 4번째 구덩이(Bolgia, Bowge)에서 단테는 점술가들(Sorcerers, Diviners)을 만납니다. 앞선 3번째 성직을 매매(Simony)하는 자들과 같이 점술가들은 하나님의 영역을 침범한 자들입니다. 그들이 말하는 미래와 관련된 섭리는 하나님의 영역이지 인간의 영역은 아닙니다. 그러나 중세시대에 별자리를 가지고 미래를 예견하는 점성가들이 대학에서 점성술을 가르쳤습니다. 그들은 사업을 시작하거나, 전쟁과 평화를 결정하거나, 싸움을 시작하거나, 건물을 새로 지을 때 점을 쳐서 도움을 주었습니다. 그러나 단테는 이곳에서 단호하게 점성술과 점술을 부정합니다. 단테가 살았던 시대에 버질은 점술가로 생각되고, 그의 책들이 예언의 책들로 인정받고 있었습니다. 그런데도 『신곡』에서 단테는 버질의 입을 통하여 점성술을 부정하고 있습니다.

점술가들은 살아서 미래를 예언하였기에, 그들은 이곳 지옥에서 그들의 머리들을 등 뒤로 돌리고, 앞을 보지 못하고 뒤만 보게 하였습니다. 그들의 머리는 등 쪽으로 향하여 앞으로 걷지만 뒤로 걷고 있습니다.

나는 이제 바닥이 다 보이는 8번 지옥 4번 구덩이에 왔다. 바닥은 고통으로 흘린 눈물로 가득했다. 나는 조용히 눈물을 흘리며, 마치 성당에서 사제와 신도가 서로 응답하는 기도소리에 맞추어 걷듯이 느리게 둥근 구덩이 계곡을 걸어가는 것 보았다. 허리 굽혀 자세히 보니 턱과 가슴이 이상하게 뒤틀려 있었다. 얼굴은 허리를 바라보고, 앞을 바라보는 것이 금지되어, 뒤로 걸어왔다. 중풍에 걸리면 그렇게 앞뒤가 뒤틀릴까? 나는 그런 모습 본 적 없고 가능하리라 생각한 적도 없다. -「지옥」 캔토 20:4-18

하나님만 가지는 예지 능력을 자신들도 가지고 있다고 공언하는 점술가들은 눈과 발이 서로 반대 방향을 향하고 있습니다. 버질은 이곳에서 3명의 유명한 점술가들과, 자신의 고향 만투아(Mantua)를 건설한 티레지아스(Tiresias)의 딸 만토(Manto)를 지적하며 말합니다. 특히 버질은 만토가 도시 만투아를 건설한 내용을 캔토 20의 거의 1/3 분량을 할애하여 말합니다. 그 세 명의 유명한 점술가들 가운데 테베(Thebes)의 앰피아라우스(Amphiaraus)가 있습니다. 그는 자신이 전쟁터에서 죽을 것을 예견하고 싸움터를 피합니다. 그러나 주피터의 창을 피하여 도망하다가 지진이 일어나 테베를 바라보며 땅속에 파묻혀 죽습니다. 그는 죽어서 예언의 신이 됩니다. 다음으로 테베의 예언자 티레지아스(Tiresias)가 있습니다. 그는 젊어서 짝짓기 하는 두 뱀을 지팡이로 떼어내려다 남자에서 여자로 변합니다. 그리고 7년이 지나 또 짝짓기 하는 두 뱀을 지팡이로 떼어내려 때려서 이번에는 여자에서 남자로 변합니다. 그는 주피터로부터 예언의 능력을 받아 신들과 예언에 대하여 이야기했습니다. 그리고 아룬스(Aruns)는 에트루리아(Etruria)에 살았던 예언자입니다. 그는 에트루리아로부터 로마(Rome)로 소환되어 시저(Caesar)가 내전에 승리자가 될 것을 예언하였습니다.

단테는 예언자들의 모습이 너무 흉물스러워 눈물을 흘렸다가, 하나님이 벌주는 인간들에게 동정심을 품었다고 버질로부터 질책의 말을 듣습니다. 그리고 버질은 단테에게 머리를 들어 예언자 앰피아라우스(Amphiaraus)를 보라고 합니다.

자, 이제 울지 말고 머리를 테베 사람들이 보는 앞에서 땅이 열려 그를 집어삼킨 사람을 보아라. 그때 도망가는 그를 두고 테베 사람들이 소리쳤다 : "앰피아라우스(Amphiaraus)여 어디를 가느냐? 왜 싸우려 하지 않고 도망하느냐?" 그는 지옥에서 오는 사람들 모두를 잡아채는 지옥의 사자 미노가 있는 곳까지 떨어지기를 멈추지 못하였다. 보아라. 그는 그의 어깨를 뒤틀어 가슴으로 만들고 있다. 그는 예전에 앞만 바라보았다가, 이제는 뒤를 바라보고 뒷걸음질하고 있다. -「지옥」 캔토 20 : 31-42

앞선 4명의 유명한 예언자들 말고 버질은 예언자들의 지옥을 떠나기 전, 지옥에 있는 4명의 예언자들 이야기를 더 합니다. 모든 희랍의 남자들이 트로이 전쟁에 참가하였다가 전쟁이 끝나고 돌아올 때, 배를 언제 띄워야 할지를 알아보기 위해 희랍에서 트로이로 소환한 예언자 에우리필루스(Eurypylus)가 있었고, 13세기 프레데릭 2세(Frederick II) 궁정에 있던 스코틀랜드 점술학자 마이클 스콧(Michael Scot)이 있었고, 13세기 후반 점성술 저자로 유명한 보나티(Bonatti)가 있었고, 파르마(Parma)의 구두수선공인 예언자 아스덴테(Asdente)가 8지옥 4번째 구덩이에 있었습니다.

뒤를 돌아보지 마라, 과거를 생각하지 마라는 은유의 표현은, 뒤를 돌아보다 소금 기둥이 된 롯의 아내 이야기를 기록하고 있는 성서뿐 아니라, 오르페우스가 지하 사자들의 세계까지 가서 아내 에우리디체를 데려오지만 그만 뒤를 돌아보아 아내를 죽음의 세계에 남겨두고 와야 하는 신화까지, 그리고 미래를 예언하는 예언자들이 지옥에서 앞을 보지 못하고 뒤만 바라보아야 하는 형벌까지, 많은 지혜서들이 우리에게 과거에 머물지 말라고 경고합니다. 그리고 흥미롭게도 우리는 앞을 바라보도록 얼굴이 등이 아닌 가슴 쪽에 있습니다. 우리는 신체 구조상 뒤를 돌아보려면 부자연스럽게 뒤돌아서야 합니다. 그러나 인간이 알 수 있는 것은 그가 경험한 과거뿐입니다. 그런데도 과거를 보지 말라 합니다. 현재의 우리를 보십시오. 우리는 얼마나 부족하고 이기적이고 배타적이고 마음이 협소합니까? 그렇게 부족한 우리의 판단에 근거하여 미래를 판단하지 말라고 경고합니다. 사실 우리는 부족하여 미래를 감당할 능력이 애초부터 없었습니다. 그래서 우리에게 미래를 맡길 수 없습니다. 과거를 가지고 현재를 대하고, 그런 현재가 미래를 맞으면, 우리는 늘 과거일 뿐, 현재와 미래는 없습니다. 그러나 미래는 현재뿐 아니라 과거도 바꿉니다. 현재를 부정하는 것은 과거를 부정하는 것입니다. 우리가 현재를 부정하여야 미래가 다가옵니다. 아니면 과거가 현재와 미래를 모두 삼켜버립니다. 현재를 부정하며 새롭게 출발하지 않으면 우리는 과거를 바라보게 되고 미래는 없습니다. 변화를 꿈꾸지 않으면 우리에게 미래는 없습니다. 과거는 걱정과 염려이고 수치이고, 미래는 희망과 믿음과 사랑인 기쁨입니다. 내가 가지고 있는 과거를 만지작거리지 말고, 내가 가질 것을 생각하면 기쁨이 있습니다.

# XXI-XXII

애벌레와 앨리스는 아무 말 없이 한동안 서로 바라보았습니다. 그리고 마침내 애벌레가 입에 물고 있던 물 담뱃대를 빼고 맥없이 졸리는 목소리로 말했습니다. "너는 누구냐?" 이런 말은 대화를 시작하자고 하는 말이 아닙니다. 그래서 수줍은 목소리로 앨리스가 더듬거리며 대답했습니다, "나, 나도 모릅니다. 지금은 그런 생각이 듭니다. 아침에 일어났을 때, 나는 내가 누구였는지 알았던 것 같습니다. 그러나 이후 내가 여러 번 변하였다는 생각이 듭니다." 애벌레가 화를 내며 말했습니다, "무슨 말을 하는 거야? 자신이 누구인지 말해봐!" 그리고 앨리스가 말했습니다, "나는 아침에 내가 아니어서, 내가 누구인지 말할 수 없어요." -『이상한 나라의 앨리스』, 제5장

**영**화 〈내 이웃이 되어줘〉(〈A beautiful day in the neighbor-hood〉)에서 주인공이 기자와 인터뷰하는 중에 하는 말이 인상적입니다. 주인공은 TV 어린이 프로그램 진행자입니다. 진행자인 주인공은 아이들이 마주하는 여러 가지 문제들을 아주 유익하게 풀어서 대답하여줍니다. 그리고 그 진행자에게 기자가 질문합니다. "인생을 어떻게 그리도 지혜롭게 사십니까?" 그러자 진행자가 대답합니다.

"나는 지혜롭게 사는 방법을 만들어 매순간 연습합니다." 우리는 무슨 일을 하든지 최상의 결과를 얻어내기 위해 늘 연습합니까? 현재의 나는 그렇게 훌륭하지 않으니 더 훌륭한 인간이 되기 위해 우리는 늘 연습해야 합니다. 운동선수가 게임에 임하기 전에 연습하듯이 우리도 인생을 연습하며 살아가야 합니다. 훌륭한 모습을 보이려고 애를 쓰면, 오히려 그것이 위선이라는 생각이 드십니까? 우리는 위선자이어야 합니다. 지금의 내 모습이 내가 아니라고 나 자신을 수시로 바꿔가며 나를 최상의 모습으로 바꾸어야 그때 비로소 나의 삶은 올바릅니다. 좋은 의미로 위선자가 되지 않으면, 우리는 영원히 실패자로 머물 것입니다. 멋진 운동선수가 연습을 통해 훌륭한 선수가 되듯이, 우리도 멋진 현자가 되려면 강력하게 현자 연습을 해야 현자의 삶을 살 수 있습니다. 연습이 필요합니다. 그리고 아침과 점심과 저녁과 밤이 다른 우리가 되어야 합니다. 다른 우리가 되는 연습을 해야 합니다. 지금 이대로는 아닙니다. 운동선수라고 생각하시고 현자의 인생을 연습하십시오. 현자를 연습해야 현자가 됩니다.

캔토 21과 22는 공직자 부정축재자 죄인들이 속해 있는 5번째 구덩이에 관한 내용입니다. 이곳은 단테의 경험과 관련이 깊습니다. 그가 플로렌스에서 추방되었던 이유가 바로 공직자 부정축재였습니다. 그는 물론 그를 추방한 정적들도 그가 이와 같은 죄를 짓지 않았다는 사실은 압니다. 그것은 단지 그를 추방하기 위한 이름뿐인 죄였습니다. 그는 공직에 있어서 그 누구보다도 플로렌스의 공직자 부정부패와 축재에 대하여 잘 알고 있었습니다. 흥미롭게도 단테 자신이 공직자 부정축재의 죄로 고발당한 상태여서 이곳에서 악마들로부터 공격을 받습니다. 그러나 그는 버질의 보호를 받아 안전하게 위험을 피할 수 있었습니다. 공직자 부정축재자들은 역청이 끓고 있는 구덩이에 갇혀 있다가 수면 위로 올라오면 악마들이 둑 뒤에 숨어 있다가 달려 나와 갈고리와 갈퀴로 그들의 사지를 찢어놓습니다.

성직자 부정축재자들과 공직자 부정축재자들 모두 자신들의 모습을 드러내지 않습니다. 성직자들은 바위 구멍에 거꾸로 머리 처박고 다리와 발만 보이고 있고, 공직자들은 펄펄 끓는 검은 역청 속에 갇혀 있어서 전혀 모습이 보이지 않습니다. 두 죄들 모두 사람들이 보지 않는 은밀한 곳에서 저지르는 죄입니다. 다음은 역청 구덩이 모습입니다.

우리는 4번째 다리 지나 다음 5번째 다리 가기 전 등마루에 잠시 쉬면서 다음 5번째 구덩이로부터 올라오는 부질없이 울부짖는 신음소리를 들었다. 너무나 어두워 신비롭기까지 했다. 베니스 겨울 조선소에서 물 새는 배를 정비하기 위해, 아니면 새로 배를 만들기 위해, 일꾼들이 까만 역청을 끓여서 많은 항해로 틈새 벌어진 배의 여러 곳들 땜질하고, 삼각돛이나 세모 돛을 수선하기 위해 캔버스 꿰매고, 배 후면이나 전면에서 망치질하고, 밧줄 꼬고, 노 다듬고, 배의 모든 것들 재점검하고 재정비하듯 - 하나님은 불이 아니라, 끓는 역청으로 지옥의 구덩이 채우시니, 둑 가장자리는 끈적이는 역청들이 부딪혀 사방으로 튀었다. 나는 역청 말고는 아무것도 보지 못했다. 잉크같이 검은 역청 방울들이 튀어 일어났다가 터

지기를 반복하며, 끓는 역청은 사방으로 퍼져 올라갔다가 가라앉고 그리고 다시 퍼져나갔다. -「지옥」 캔토 21 : 4-21

공직자 부정축재자들은 이 역청 속에 던져집니다. 그리고 이들이 역청의 수면 위로 올라오면 둑 뒤에 숨어있던 악마들이 갈퀴와 갈고리를 가지고 나타나 이들을 잡아채어 피부를 찢고 팔다리를 자릅니다. 단테가 악마들이 하는 짓들을 강둑 위에서 바라보고 있을 때, 악마들이 그를 해칠까 두려워, 버질은 그를 자신 곁으로 잡아 끕니다.

오, 그때 나는 보지 말아야 할 것을 바라보고 있다가 억지로 돌아서는 사람과 같이 이러지도 저러지도 못하고 돌아섰다. 그러나 의심 가득한 눈길을 뒤로 던지며 쫓기듯 갔다. 우리 뒤로 무섭게 생긴 검은 악마가 바위 등성이를 넘어 달려오는 것이 보였다. 맙소사! 악마가 얼마나 흉측한 모습이었는지! 얼마나 빨리 달려왔던지! 두 날개를 활짝 펴고 얼마나 분주히 두 발을 움직이던지! 사지를 얼마나 가볍게 놀리던지! 잔뜩 어깨 구부리고, 악마는 자신의 등 위에 사로잡은 죄인 허리와 엉덩이 비틀어 업고, 밧줄 같은 두 손으로 두 발목 꼭 잡았다. -「지옥」 캔토 21 : 25-36

\*

나는 아직도 내가 죄의 포로 되었음을 느꼈다. 그래서 고통스러워 울며 소리쳤다. "나는 얼마나 더 내일, 내일 미루며 살 것인가? 왜 지금은 아닌가? 왜 지금 이 순간은 아닌가?" 나는 계속하여 이런 질문들을 하면서 마음 속 깊이 슬퍼하며 한동안 쓰디쓰게 울었다. 그러다가 이웃집 아이가 부르는 노래 소리 들렸다. 그 노래를 소년이 부르는지 소녀가 부르는지 알 수 없었으나, 후렴귀가 반복하여 들렸다. "성서를 찾아서 읽어라! 성서를 찾아서 읽어라!" 그리고 나는 눈을 들어, 아이들이 노래 부르며 하는 놀이를 생각했다. 그러나 그런 놀이가 생각나지 않았다. 나는 흐르는 눈물을 닦고 일어나, 이것은 분명 성서를 펴서 눈길이 가는 첫 문장을 읽으라는 하나님의 명령임을 깨달았다. 그와 같은 경험을 한 성자 안토니 이야기를 나는 들어 알고 있었다. 그는 성서를 읽고 있는 교회에 우연히 들어가 그곳에서 읽고 있는 내용이 자신에게 하나님이 주시는 말씀임을 깨달았다. "집으로 돌아가 너의 재산 모두 팔아 가난한 자들에게 나눠주어라. 그러면 너는 하늘에 보물을 쌓는 것이다. 그리고 나에게 돌아와, 나를 따르라." 성 안토니는 즉시 이 말씀을 따라 행동했고, 그렇게 그는 하나님 사람 되었다. 그래서 나는 친구 알리피우스(Alypius)가 있는 곳으로 돌아갔다. 나는 그와 헤어질 때 바울 서신을 읽고 있었다. 나는 성서를 펼쳐 조용히 나의 눈길이 가는 「로마서」 13장 13절과 14절을 읽었다. "술 마시며 흥청거리지 말라! 정욕에 취하지 말고 희롱하지 말라! 싸우거나 내기하지 말라! 예수 그리스도로 너 자신을 무장하여, 육신과 정욕의 일들에 더 이상 시간을 쓰지 말라." 나는 더 이상 읽고 싶지 않았고 그럴 필요도 없었다. 왜냐하면 문장 끝에 이르러 나는 믿음의 빛이 홍수같이 마음에 밀려와, 어두운 의심의 그림자들 모두 사라졌기 때문이다. — 성 어거스틴(364-430), 『고백록』 8권 12장

어린이 환상 문학 『나니아 연대기』를 보면 옷장을 열어 옷들을 들치고 들어가거나, 그림 액자 속 풍경이 우리를 환상세계로 인도합니다. 나에게 책 읽기도 마찬가지입니다. 우리가 추구했던 바람들이 성취되는 길을 어느 구절이 계시와 같이 열어줄 때가 있습니다. 우리가 만나는 모든 것들은 모두 신비의 문을 열어주는 통로입니다. 책이나 연인이 친구가 그림이 모두 우리가 추구하였던 이상세계를 열어주는 통로가 되면 그들이 모두 진리이고, 참입니다. 사실 가장 좋은 친구는 아무 말이 없이 그냥 함께 있기만 하여도 그가 나의 세계를 열어주는 친구입니다. 내가 가장 좋아하는 성경구절은 야곱과 천사 이야기입니다. 축복을 내려줄 때까지 밤새 천사와 씨름하였다가 새벽녘에 천사가 지쳐 야곱에게 축복을 내려줍니다. 가끔 나는 어느 문장이나 어느 단어나 어느 그림을 하염없이 아주 오랫동안 쳐다봅니다. 나의 육체의 눈이 잠들고 영혼의 눈이 홀로 깨어 밤의 세계에 갇혀 있으면 빛이 보이기 시작합니다. 축복의 순간까지 오래 붙잡고 절대로 놓아주지 않아야 비로소 축복의 순간이 옵니다. 길고 험한 시련 가득한 어둠의 시간입니다. 야곱같이 꼭 잡고 놓아주지 말아야 합니다.

우리가 잊지 말아야 할 것이 있습니다. 성 어거스틴이 「로마서」 13장 13-14절을 읽고 하나님을 받아들였다 하지만 사실은 그가 하나님의 사람이 된 것은 그 구절이 아니어도 그랬을 것입니다. 인용한 『고백록』 내용 이전을 읽어보면, 그는 하나님을 받아들일 준비가 이미 다 되어있었습니다. 그 문장이 그를 하나님의 사람이 되게 한 것은 맞지만 꼭 그 문장이어야 하는 것은 아니라는 말입니다. 그는 어느 문장을 읽었더라도 신비의 세계로 자신의 삶을 옮겨 신비한 인생을 살았을 것입니다. 그는 받아들일 준비가 되어있었습니다. 그러나 통로는 있어야 합니다. 문은 있어야 합니다. 그는 꼭 글을 읽었어야 합니다. 글은 통로이고 문이었습니다. 누구나 준비가 되면 빛이 찾아온다고 합니다. 내가 빛을 찾은 것이 아니라, 빛이 나를 찾았다고 말합니다. 준비된 나를 빛이 찾았다고 합니다. 옳습니다. 사실 빛은 늘 그곳에 있었습니다. 우리가 빛이어서 빛이 보이지 않았습니다. 우리가 어둠이면 그때 빛이 우리를 찾습니다. 우리가 할 수 있는 일은 그저 우리의 눈앞에 문이 보이면 두드리는 수밖에 달리 도리가 없습니다.

어둠 가운데서 빛을 찾기는 쉽습니다. 그러나 빛 가운데서 어둠을 찾기란 쉽지 않습니다. 우리가 빛이라 생각해서입니다. 우리가 어둠이라 생각하면 빛이 보입니다. 차이를 만들어 분별하는 일은 창조입니다. 하나님도 창조 첫날 빛과 어둠을 가르셨습니다. 우리는 빛이 아닙니다. 빛이 되었던 적도 없고 될 수도 없습니다. 우리가 어두운 가운데 있어야 빛을 찾습니다.

두 시인은 그들을 호위하는 악마들과 함께 구덩이 둑길을 걸어갑니다. 너무나 기괴하고 별난 조합입니다. 단테는 가면서 구덩이에 있는 죄인들이 역청으로 더럽혀지고, 화상 입은 처참한 모습으로 역청 속에서 뒹굴고 있는 것을 봅니다.

돌고래들이 허리 굽혀 물 위에 떠서는 폭풍이 거세질 터이니 배를 구할 준비하라고 가난한 어부들에게 경고하듯이, 때때로 조금이라도 고통을 덜어보려고 몇몇 불쌍한 죄인들이 그들의 등을 살짝 들어 올렸다가는 번개같이 역청 속으로 사라졌다. 팔다리와 몸을 물 아래 숨기고 코만 내놓고서, 구덩이 가장자리에 몰래 모습 드러내는 개구리들과 같이 죄인들이 누워있었다. 악마 꼬부랑수염이 나타나자 두려움 도가니가 되어, 기다렸다는 듯 모두 당황하여 뜨거운 역청 깊숙이 숨었다. 그리고 나의 기억에서 영원히 사라지지 않을 끔찍한 장면이 일어났다. 개구리들과 같이 다들 도망하였는데, 죄인 하나가 도망하지 못했다. 그리고 악마는 미처 도망하지 못한 역청 묻은 그 죄인의 머리카락을 갈고리로 잡아채서는 구덩이 바깥으로 끌어내었다. 그는 수달과 같이 나를 바라보았다(이곳에서 악마들 이름 모두 말하지 않고, 그들이 나타나서 서로 이름들 부르면 그때 그들 이름들 기록하겠다). "갈고리, 갈고리, 저기, 악마 붉은 얼굴! 잡았다! 잡고 흔들어라 흔들어. 위아래 모두 껍질 벗기자!" 역청 구덩이 지키는 악마들 모두 아우성이다. ─「지옥」 캔토 22:19-42.

두 시인은 악마들에게 잡힌 나바르(Navarre) 출신의 죄인을 향해 갔습니다. 그는 나바르에서 공직에 있을 때 부정 축재한 사실을 두 시인에게 말하고, 그곳에 그와 함께 있는 많은 죄인들 이름들과 죄를 말합니다. 그때 악마들이 그의 등껍질을 벗기려 하자 그는 무서워 떨며 다음과 같이 말합니다.

"이곳에 다른 나라 다른 지역 출신 죄인들 더 보고 싶지 않느냐? 투스칸인들? 롬바르디아인들? 내가 그들 데려오겠다. 지옥의 악마들 쇠갈고리 부대들이 강둑 뒤에 숨어 있으면, 그들이 이곳으로 나오는 것 두려워하지 않을 것이다. 죄인 하나가 둑에 나와 조용히 앉아서 휘파람 불면 7명 정도 역청 바깥으로 나올 것이다." 그러자 악마 갈퀴사냥개가 머리 흔들며 콧방귀 뀌며 조롱어린 말투로 말했다, "더러운 속임수 쓰고 있다. 이놈은 어떻게 하면 역청 속으로 돌아갈까만 생각하고 있다." 그러자 다른 악마들 모두를 그 사기로 끌어들이는 말을, 한 악마가 말했다, "나도 사기꾼이지만, 이 사기는 멋지다. 나의 이웃들이 불행해지는 꼴을 보겠다!" 그리고 악마 지옥친구가 속임수에 완전히 넘어가 소리쳤다. "네가 역청으로 들어가서 친구들 데려나온다면 나는 굳이 땅위로 네놈들을 쫓아다닐 필요 없이, 나는 날개 있으니, 수면 위로 네놈들 나오는 순간 가로채 하늘 위로 솟아오르겠다. 우리는 강둑 떠나 둑 너머에 숨어있겠다. 10명이 좋지 않을까? 한 명? 어떻게 될지 보자!" 독자들이여 뭐 이따위 장난이 다 있냐? 이 재미있는 짓거리 보아라! 그리고 어리석은 악마들이 둑 위를 떠나 둑 뒤를 향했다. 처음에는 뒤에 처져 있던 악마가 나머지 무리들 이끌고 갔다. 이제 나바르인이 장난칠 기회를 잡았다. 발끝을 땅에 깊이 박았다가, 생각처럼 빠르게 역청 속으로 다이빙해 들어갔다. 그렇게 악마의 먹잇감이 악마들을 따돌렸다. 이제 속아 넘어간 줄 안 악마들은 죄책감으로 가슴 아팠다. 악마들을 바보짓하게 독려했던 악마가 가장 화가 많이 났다. 그는 날개를 펴고 역청 위를 날며 소리쳤:"잡아라!" 그러나 불가능했다. 아무리 빨리 날아도 두려움만큼 빠를 수 없다. 먹잇감은 도망하고, 사냥꾼은 일어나 가슴 활짝 날개 펴고 역청 위를 날아갔다. 가까이 있던 야생오리 한 마리 갑자기 물속으로 달아나자, 오리 놓친 매 한 마리 속은 줄 알고 슬퍼하며 급히 날아오르듯 했다. 속은 줄 알고 화가 난 악마 낚시꾼이 급히 뒤쫓으며, 그놈이 도망에 성공했으면 했다. 그는 속은 그 악마와 싸움 걸고 싶었다. 먹잇감이 바닥에 이르러 보이지 않자, 그는 동료 악마에게 그의 발톱을 꼽았다. 둘은 역청 위 공중에서 서로 부둥켜안고 싸웠다. 그러나 지옥친구는 이빨과 손톱으로 대항하는 상대만큼 훌륭한 매였다. 둘은 서로 할퀴고 물고 뜯고 하다가 끓고 있는 역청 속으로 납과 같이 떨어졌다. 둘은 역청이 너무 뜨거워 서로 잡았던 손을 놓았다. 그리고 일어나려니 문제가 생겼다. 타르와 같이 끈적거리는 역청이 날개를 휘감아 날갯짓 할 수 없게 되었다. 다른 악마들과 함께 화가 나서 툴툴대던 악마 꼬부랑 수염이 4명의 악마들에게 갈고리들 가지고 둑 끝으로 가라고 했다. 그렇게 이쪽저쪽에서 악마들이 가장 좋은 위치를 잡고, 지쳐서 반쯤 실신한 두 악마들에게 갈고리들을 던졌다. 우리는 허우적대며 엉켜있는 두 악마들 뒤로하고 그곳을 떠났다. ─「지옥」 캔토 22:97-151

두 날개 가진 타락천사 악마나 공직 부정축재자나 모두 똑같이 속임수와 사기의 대가들입니다. 단테는 양측 모두 서로 속고 속이는 사건을 통하여, 승자도 패자도 없는 사기꾼의 세계를 유희적이고 기괴하게 표현하였습니다. 그들은 뒤에서 보이지 않게 싸우고, 화내고, 꾸미고, 무자비하고, 엇갈린 목적으로, 자신들 꾀에 스스로 당하고는, 서로 위협하고, 험담하고, 모욕합니다.

# XXIII

이에 예수가 무리와 제자들에게 말씀하여 이르시되 서기
관들과 바리새인들이 모세의 자리에 앉았으니, 무엇이든
지 그들이 말하는 바는 행하고 지키되 그들이 하는 행위
는 본받지 말라. 그들은 말만 하고 행하지 아니하며 또 무
거운 짐을 묶어 사람의 어깨에 지우되 자기는 이것을 한
손가락 하나 움직이려 하지 아니하며 그들의 모든 행위를
사람에게 보이고자 하나니, 곧 그 경문 띠를 넓게 하며 옷
술을 길게 하고 잔치의 윗자리와 회당의 높은 자리와 시
장에서 문안 받는 것과 사람에게 랍비라 칭함을 받는 것
을 좋아한다. 그러나 너희는 랍비라 칭함을 받지 말라 너
희 선생은 하나이고 너희는 다 형제니라. 땅에 있는 자를
아버지라 하지 말라 너희의 아버지는 한 분이니 곧 하늘
에 계신 분이다. 또한 지도자라 칭함을 받지 말라 너희의
지도자는 한 분이니 곧 그리스도시니라 너희 중에 큰 자
는 너희를 섬기는 자 되어야 한다. 누구든지 자기를 높이
는 자는 낮아지고 누구든지 자기를 낮추는 자는 높아지리
라. 화 있으리라 위선자들 서기관들과 바리새인들이여 너
희는 천국 문을 사람들 앞에서 닫고 너희도 들어가지 않
고 들어가려 하는 자도 들어가지 못하게 한다. 화 있으리
라 위선자들 서기관들과 바리새인들이여 너희는 교인 한
사람을 얻기 위하여 바다와 육지를 두루 다니다가 생기
면 너희보다 배나 더 지옥 자식이 되게 한다. 화 있으리라

눈 먼 인도자여 너희가 말하되 누구든지 성전으로 맹세하면 아무 소용없으니, 성전의 금으로 맹세하여 금을 바치라 한다. 어리석은 맹인들이여 어느 것이 크더냐? 금이냐 그 금을 거룩하게 하는 성전이냐? 너희가 또 이르되 누구든지 제단으로 맹세하면 아무 소용없으니, 그 위에 있는 예물로 맹세하여 예물 바치라 한다. 맹인들이여 어느 것이 크더냐? 그 예물이냐 그 예물을 거룩하게 하는 제단이냐? 그러므로 제단으로 맹세하는 자는 제단과 그 위에 있는 모든 것으로 맹세함이요. 또 성전으로 맹세하는 자는 성전과 그 안에 계신 이로 맹세함이요. 또 하늘로 맹세하는 자는 하나님의 보좌와 그 위에 앉으신 이로 맹세하는 것이다. 화 있으리라 위선자들 서기관들과 바리새인들이여 너희가 박하와 회향과 근채의 십일조는 드리되 율법의 더 중한 바 정의와 긍휼과 믿음은 버렸구나. 그러나 이것도 행하고 저것도 버리지 말아야 한다. 맹인 된 인도자여 하루살이는 걸러내고 낙타는 삼키는구나. 화 있으리라 위선자들 서기관들과 바리새인들이여 잔과 대접의 겉은 깨끗이 하되 그 안에는 탐욕과 방탕으로 가득하게 하는구나. 눈 먼 바리새인이여 너는 먼저 안을 깨끗이 하라 그리하면 겉도 깨끗하리라 화 있으리라. 위선자들 서기관들과 바리새인들이여 회칠한 무덤 같으니 겉으로는 아름답게 보이나 그 안에는 죽은 사람의 뼈와 모든 더러운 것이 가득하다. 이와 같이 너희도 겉으로는 사람에게 옳게 보이되 안으로는 외식과 불법이 가득하다. 화있으리라 위선자들 서기관들과 바리새인들이여 너희는 선지자들의 무덤을 만들고 의인들의 비석을 꾸미며 이르되 만일 우리가 조상 때에 있었더라면 우리는 그들이 선지자의 피를 흘리는 데 참여하지 아니하였으리라 하니 그러면 너희가 선지자를 죽인 자의 자손임을 스스로 증명함이다. 너

희가 너희 조상의 분량을 채우라 뱀들아 독사의 새끼들아
너희가 어떻게 지옥의 판결을 피하겠느냐. 그러므로 내
가 너희에게 선지자들과 지혜 있는 자들과 서기관들을 보
내매 너희가 그 중에서 더러는 죽이거나 십자가에 못 박
고 그 중에서 더러는 너희 회당에서 채찍질하고 이 동네
에서 저 동네로 따라다니며 박해하리라. 의인 아벨(Abel)
의 피로부터 성전과 제단 사이에서 너희가 죽인 바라갸
(Barachias)의 아들 사가랴(Zacharias)의 피까지 땅 위
에서 흘린 의로운 피가 다 너희에게 돌아가리라 내가 진
실로 너희에게 이르노니 이것이 다 이 세대에 돌아가리
라. -「마태복음」 23:1-36

위선자여(외식하는 자여) 먼저 네 눈 속에서 들보를 빼
라. 그 후에야 너는 밝히 보고 형제의 눈 속에서 티를 빼
리라. -「마태복음」 7:5

우리가 볼 제8지옥 6째 구덩이는 위선자(Hypocrite)의 지옥
입니다. 마태복음 23장은 위선자들을 말하는 아주 유명한
내용입니다. 그래서 길지만 함께 읽어보았습니다. 위선자란 자신의
진짜 모습을 감추고 덕과 선함을 갖추었다고 거짓 모양을 보여주는,
겉을 좋게 꾸미는 외식하는 사람입니다. 거짓이고 꾸밈이고 가짜입
니다. 성경에서 외식하는 사람을 나는 위선자라 바꾸어 말했습니다.
그리고 성경 가운데 읽기가 어려워 오해가 있을 수 있는 부분들은 영
어성경을 보고 읽기 쉽게 수정하였습니다.

두 시인들 때문에 나바르(Navarre) 출신 위선자에게 속아서 곤욕을 당했다 생각하는 악마들이 화가 나서 두 시인들을 뒤쫓습니다. 그들이 가까이 오는 것을 본 버질이 엄마가 아기를 품듯이 단테를 품에 안고 가파른 6번째 웅덩이 둑 경사면을 등을 벽에 대고 미끄러져 내려옵니다. 바닥에 내려와 올려다보니 둑 꼭대기에 악마들이 몰려와 있었습니다. 그러나 하나님은 그들이 5번째 구덩이를 떠날 수 없게 막아놓았습니다. 단테는 구덩이에서 등 뒤에 붙어있는 후두를 앞쪽으로 던져 두 눈을 가린 채 무거운 납으로 만든 옷을 입고 힘겹게 걸어가고 있는 위선자 무리를 봅니다. 외식하는 위선자답게 그들 복장은 알록달록 화려합니다.

우리는 알록달록 금장 옷들 입은 사람들 보았다. 그들은 눈물 흘리며 고통스럽게 6번째 구덩이를 걷고 있었다. 두 눈들 덮은 후두를 길게 앞으로 떨어뜨리고, 꼴로뉴(Cologne) 수사들이 입는 커다란 수사 복장이었다. 그들은 겉은 눈부시게 빛나는 금장식이고, 안쪽은 무거운 납으로 만들어진 옷 입었다. 프레데릭 2세(Frederick II)는 반역자들에게 납 옷 입혀 뜨거운 가마솥에 처넣었는데, 그들이 입었던 옷들은 이들 입은 옷들에 비교하면 깃털이었다. -「지옥」캔토 23:58-66

무거운 납옷 입고 무거운 발걸음으로 천천히 걷는 무리들 곁을 두 시인들이 이야기하며 걸어갑니다. 그때 뒤에 처져 있던 누군가가 자신의 고향 말투로 말하는 것을 알고 서둘러 두 시인들을 불러 세웁니다. 그리고 단테는 그를 불러 세운 두 죄인들과 이야기합니다.

　"슬픔의 눈물 가득 흘러내리는 두 뺨 가진 당신 두 사람은 누구냐? 당신들 어깨에 걸친 그 불편해 보이는 죄수복은 왜 빛나느냐?" 그러자 한 명이 대답했다. "우리가 입은 금빛 옷은 납으로 만들어져 매우 무거워, 걸을 때 균형 잡으려 할 때마다 삐그덕거린다. 우리는 1261년 설립된 가톨릭 기사단 소속 수사들이다. 우리는 볼로냐(Bologna) 태생으로 나는 카탈라노(Catalano)이고 이 친구는 로데린고(Loderingo)이다. 우리는 너의 고향 피렌체의 평화와 정의의 대리 관리자들로, 한 사람의 재판관이 조정하듯, 너의 고향을 평화로 유지하고 분파를 조정하려 했다. 가르딘고가 어떻게 너의 도시의 평화를 조정했는지 이야기할 것이다." "수사들이여 너의 관리가 오히려 참사를 -" 내가 말을 끝내지 못한 이유는 3개의 막대기들에 고정되어서 땅 바닥 위에 십자가형 당하듯 누워있는 가야바(Caiaphas)를 보았기 때문이다. 그는 예수를 고발하여 로마군에 내어준 유대교 제사장이다. 그는 나를 보자 몸을 뒤틀어 수염이 흔들릴 정도로 쓰디 쓴 한숨지었다. 그리고 내가 그에게 질문하려 하자 수사 카탈라노가 대신 대답하였다. "네가 바라보는 3개의 막대에 고정되어 땅 위에 누워있는 그는 바리새인들에게, 유대인 전체를 대신하여 한 사람이 고통 받는 것이 유익하다고 충고한 사람이다. 그는 발가벗겨 가는 길을 막고 누워 있어, 길을 가려는 무거운 납옷 입은 누구나 그를 밟고 지나야 한다. 그것은 그가 받을 형벌이다." - 「지옥」 캔토 23:97-120

그곳 제6구덩이에는 가야바와 같이 그의 장인 안나스(Annas)도 똑같은 형벌을 받고 있었습니다. 다음은 두 죄인들에 관련한 성경 내용입니다.

대제사장들과 바리새인들이 공회 모으고 이르되 이 사람이 많은 표적을 행하니 우리가 어떻게 하겠느냐 만일 그를 이대로 두면 모든 사람이 그를 믿을 것이요 로마인들이 와서 우리 땅과 민족을 빼앗아 가리라 하니, 그 중 한 사람 그 해 대제사장 가야바가 그들에게 말하되 너희가 아무것도 알지 못하는구나. 한 사람이 백성을 위하여 죽어 온 민족이 망하지 않게 되는 것이 너희에게 유익한 줄 생각하지 못하는구나. -「요한복음」 11:47-50

군대와 천부장과 유대인의 아랫사람들이 예수를 잡아 결박하여 먼저 안나스(Annas)에게로 끌고 가니 안나스는 그 해 대제사장인 가야바 장인이라. 가야바(Caiaphas)는 유대인들에게 한 사람이 백성을 위하여 죽는 것이 유익하다고 권고하던 자이다. -「요한복음」 18:12-14

그리고 버질은 두 수사들을 떠나기 전에, 다리가 무너지지 않은 곳이 어디냐고 묻습니다. 그러자 수사들은 이후 두 시인들이 건너갈 다리들이 모두 무너졌다고 말합니다. 예수가 죽어 천국 가기 전 지옥에 내려와 아담과 이브를 비롯한 세례 받지 못한 선조들을 천국으로 데려가려고 내려올 때 지옥에 큰 지진이 있었습니다. 그때 지옥의 다리들이 무너졌습니다. 그러나 우리는 앞에서, 악마 대장이 자신들의 부하들을 시켜 다리가 무너지지 않는 곳까지 두 시인들을 호위하라고 명령한 사실을 알고 있습니다. 악마 대장이 그들에게 거짓말을 하였습니다. 화를 내며 버질은 앞서고 단테는 뒤쫓아 가며, 둘은 제7구덩이를 향하여 갑니다.

지옥의 악마들에 대하여 이야기해 봅시다. 그들은 타락천사(fallen angels)라고 합니다. 하늘에 있는 천사가 있고 지옥에 떨어진 타락천사들이 있습니다. 하늘에서 하나님의 자리를 넘보던 루시퍼 또는 사탄과 함께 하나님께 대항하여 싸웠던 천사들은 싸움에서 패하여 지옥에 떨어집니다. 타락천사란 지옥에 떨어졌다는 뜻입니다. 이들은 천사들 가운데 1/3이나 되었습니다. 하나님은 이미 이들을 위해 지옥을 만들어 놓았고, 죄지은 인간들이 후에 이 타락천사들이 있는 지옥에 더불어 살게 됩니다.

우리가 원하든 원하지 않든 우리는 이야기 속에 살아갑니다. 우리에게 이야기가 없다면 우리는 이야기를 만들어 살아갑니다. 누구는 남의 이야기를 빌려다 마치 그것이 자신의 이야기인 것처럼 살아가고, 누구는 자신이 살고 있는 것이 남의 이야기나 되듯이 바보같이 살아갑니다. 최상의 이야기가 최상의 인생인 것을 누가 모르겠습니까? 우리가 살아있지 않았다면 우리가 만나지 못했을 수도 있을 인생을 살아갑니다. 결국 인생이란 진리를 찾아 헤매는 끝이 보이지 않는 책과 같다는 생각입니다. 거울을 보고 우리의 얼굴을 알아보듯이, 이야기가 없다면 우리에게 인생도 없습니다. 우리에게는 우리를 비춰 줄 뭔가가 없다면 우리를 확인할 수 없습니다. 우리는 이야기라는 매체가 필요합니다.

천사는 하나님과 인간 사이에 있는 매체입니다. 우리는 먼 곳을 가기 위해 자동차나 배 그리고 비행기 같은 매체가 필요합니다. 개신교는 천사를 믿지 않아, 하나님과 인간 사이의 거리가 매우 가깝습니다. 하나님이 친구라고 합니다. 그러나 천사가 개입하면 그만큼 하나님은 우리에게서 멀어집니다. 우리는 천사에게 가고 천사가 하나님에게 갑니다. 왜 천사일까요? 나는 개신교 신자입니다. 나는 가끔 우리가 하나님을 너무 가까이 가져와 하나님을 제대로 보지 못하고 있는 것이 아닐까 의심할 때가 있습니다. 하나님은 가까이 있고 또 먼 곳에 있습니다. 우리는 하나님을 너무 가까이 두어서 하나님의 존재를 잊고 있다는 생각이 나를 떠나지 않습니다. 우리는 가깝고 친숙하면 무엇이나 잊고 함부로 대합니다. 친숙하면 잊습니다. 공기가 그렇지 않나요? 친구가 그렇지 않나요? 개신교인들이 하나님을 너무나 가까이 두어 하나님을 잊고 살아가고 있다는 생각이 나의 뇌리를 떠나지 않습니다. 도대체 개신교인들은 모르는 것이 없습니다. 개신교 서적치고 하나님을 모른다 말하는 책이 하나도 없습니다. 하나님을 친구같이 알고 있다 생각하여 하나님을 계속 자신의 얕은 생각 속에 가두어 놓습니다. 천사가 하나님과 나 사이에 거리를 놓아야 우리는 제대로 하나님을 바라봅니다. 그렇게 천사가 필요했습니다.

# XXIV-XXV

**도**둑들이 있는 제8지옥 7번째 계곡 구덩이는 캔토 24와 25에 걸쳐 소개되고 있습니다. 캔토 24에서 두 시인은 위선자들이 머무는 6번째 구덩이 바닥으로부터 비탈길을 올라와 7번째 도둑들이 있는 구덩이의 다리 아치 시작되는 곳을 힘겹게 갑니다. 단테는 올라가기 힘들어 숨을 몰아쉬며 잠시 가던 길에 멈추어 섭니다. 이때 버질이 그의 게으름을 꾸짖습니다.

꾸물대지 말고 가자, 부끄러운 줄 알아라! 깃털 베개에 머리를 대고 이불 덮고 누워있다가는 명성은 강 건너 가고 만다. 넋 놓고 세월 보내다가 명성을 놓치고 만다. 이 땅에 기념비 하나 남기지 못하고 죽으면 그런 인생은 물거품이고 바람에 날리는 연기이다.

일어나 가자. 숨 좀 작작 몰아 쉬어라. 늘 싸움에서 승리하자는 마음 가져라. 그렇지 않으면 눕자 하는 육체가 승리하고자 하는 마음을 제압한다. 올라가야 할 계단들이 앞에 더 많이 있다. 좀 더 올라가자. 단지 위험만 피해가는 인생은 사는 것도 아니다. 내가 하는 말 알아들었냐? 먼저 행동하고, 후에 그 결과를 기다리자. ─「지옥」 캔토 24:46-57

우리는 먼저 행동하고 그리고 후에 알게 되는 것이 너무 많습니다. 우리는 알아도 하지 않고, 몰라서 하지도 못합니다. 우리가 몰라서 하지 않는 것은 없습니다. 알기 위해 먼저 행동해야 합니다. 알고 나서 행동하는 경우는 그리 많지 않습니다. 글도 마찬가지입니다. 먼저 행동하여야 합니다. 글 많이 보면 글 깊이 이해하고, 글 많이 쓰면 글 잘 쓰고, 글 많이 읽으면 목소리 좋아지고 정신도 맑아집니다. 마음이 그곳에 가있어야 그곳이 나를 부릅니다.

마침내 단테는 해자를 가로질러 가는 다리의 아치 가장 높은 곳에 이르러 다리 아래로부터 사람들 목소리를 듣지만, 어두운 장막이 눈을 가려 아무것도 못합니다. 그래서 그는 다리를 건너 7번째 구덩이가 끝나는 둑 가파른 경사면을 내려갑니다. 둑 아래로 내려가자 장막에 틈이 생기고 구덩이가 보였습니다. 도둑들이 들어있는 7번째 구덩이는 온통 다양한 뱀들로 가득하고 그들 사이에 벌거벗은 채 도둑들이 있었습니다.

그들의 두 손은 등 뒤로 옮겨져 뱀들로 묶여있고, 뱀들은 머리와 꼬리를 죄인들 허벅지에 박고 나머지 몸으로 죄인들의 몸을 감고 뒤틀어 매듭지었다. 그리고 저기 누군가 달려오고 있다! 우리가 있는 둑의 돌출부 가까이로 누군가 달려올 때, 벼락같이 뱀 한 마리가 뛰어올라 그의 목과 어깨 사이를 깨물었다. 그러자 그는 불이 붙어 타더니 한 순간 재로 변하였다. 얼마나 빨리 이 일이 일어나던지 'o'와 'i'를 한 번에 써도 그렇게 빨리는 쓸 수 없다. 그가 뱀에 물려서 놀라 땅에 누워 있던 자리에 있던 재들이 모이더니, 움직여 곧바로 예전 모습 되찾았다. -「지옥」캔토 24 : 112-118

　　불사조는 500년 동안 향신료 식물들로 둥지를 짓는다고 합니다. 그리고 500년이 지나 이 새둥지가 아라비아 태양 열기로 불이 붙으면, 둥지와 불사조는 함께 완전히 타버립니다. 이때 불사조는 날갯짓 하여 불을 더 키운다고 합니다. 그리고 다 타버린 재에서 불사조가 다시 탄생합니다. 마치 불사조가 불속에서 죽었다가 다시 살아나듯 그는 예전 모습으로 다시 살아났습니다. 그리고 버질이 그가 누구이며 왜 이곳에 있는지 말합니다. 그 도둑은 토스카니 출신 반니 푸치(Vanni Fucci)입니다. 그는 두 명의 친구와 산 제노 성당에서 성 야고보의 보물을 훔칩니다(1293). 처음에는 람피노(Rampino)가 누명을 쓰고 감옥에 갇히지만 후에 푸치가 범인임이 밝혀져 교수형 당합니다. 그는 두 시인에게 피렌체에서 1301년 일어날 정치적 상황을 예언합니다.

*

줄리아드 음대를 졸업하는 백 명의 젊고 재능 있는 음악가들, 그리고 과학 분야에서 노벨상 탄 교수들과 함께 연구하다 매년 쏟아져 나오는 수백의 천재 과학박사들, 그들 가운데 기억할 만한 활동을 하는 음악가들이나, 과학사에 남을 만한 중요한 업적을 수행하는 과학자들은 손꼽을 정도이다. 대체 그 이유가 무엇인가? 천재들이 창조적인 불꽃으로 피어나지 못하는 이유는? 창조적인 재능 말고 무엇이 더 필요한 것이냐? 대담함, 자신감, 독립심이냐? 재능 있는 사람이 새로운 방향을 잡고 그 분야에서 특출나려면, 창조력 말고 특별한 에너지, 세상을 완전히 뒤엎을 만큼 전위적인 대담성이 있어야 한다. 창조란 하나의 도약과 같아서 그것의 새로운 방향성이 생산적인 결과를 낳지 못할 수도 있다. 창조란 수년간의 의식적인 준비는 물론, 무의식적인 준비도 함께 해야 한다. 창조의 결과물이 나오기까지 공들여야 할 시간이 필요하다. 우리가 연구한 것들이 우리의 자원이 되는 무의식의 결과물에 도달하기 위하여, 우리는 우리 자원들을 우리 것으로 재정리하고 통합하기 위한 시간이 필요하다. – Oliver Sacks, "The Creative Self," 『The River of Con-sciousness』

우리가 진리를 찾아 나선다는 말은 단지 은유입니다. 진리란 멀리 있지 않고 바로 이곳에 있습니다. 사실 이곳에 있다는 말조차 은유입니다. 풀어서 말하면, 진리란 이미 만들어진 것을 찾는 것이 아니라,

이제 이곳에서 만들어진다는 것입니다. 진리를 위해 우리가 할 수 있는 일이란, 진리가 만들어질 상황을 조작할 뿐입니다. 과학이 그렇습니다. 결과물이 나오기 위해 우리는 실험을 조작합니다. 그런 실험 상황이 주어지지 않았다면 그러한 결과가 나오지 않았을 것입니다. 진리를 도출하기 위하여 우리는 상황을 만들었을 뿐입니다.

며칠 전 산길을 산책하다가 전화가 걸려 와서 전화를 받았습니다. 전화기가 너무 신기합니다. 전화뿐 아니라, 사진을 찍고, 노래 듣고 인터넷까지 합니다. 그러나 정작 전화기는 쇠붙이와 플라스틱으로 만들어졌습니다. 이들 부품들이 모여 놀라운 결과들 만듭니다. 말이라고 어디 다 말입니까? 말들이 모여 놀라운 결과물이 만들어집니다. 마법이 되고, 기도가 되고, 철학이 되고, 광고가 됩니다. 성경에 사람들이 모여 기도하면 그곳에 하나님의 성령이 함께 하신다고 했습니다.

지난 밤 아프리카 사막에 가서 나무 심는 꿈을 꾸었습니다. 나무들 심어 그늘 생기고 풀들 자라고 풀벌레도 찾아와 새들 모이고 바람 불어 구름들 모이고 구름들 비 가져오면 시내 생겨 물 모여 강 만들어지고 사람들 모여 농사짓고 마을들 이곳저곳 생겨 도시가 만들어졌습니다. 가끔 고속도로 변 우거진 숲 볼 때마다, 그 숲속 들어가면 신비한 세계가 열린다는 생각이 듭니다. 글 쓰는 일도 그렇습니다. 문장들이 모여 글이 되고 글이 이야기가 되면 우리는 그 이야기 가운데 꿈꿀 일이 생깁니다. 주섬주섬 모아서 차곡차곡 쌓으면 꿈꿀 일이 생겨납니다.

캔토 24에서 예언의 말을 마친 푸치(Vanni Fucci)는, 캔토 25에서 그의 손을 높이 들더니 둘째 손가락과 셋째 손가락 사이에 첫째 손가락을 끼더니 하나님을 모욕하는 욕지거리를 해대었습니다. 그러자 뱀 한 마리가 나타나 그의 목을 조르고, 다른 뱀이 와서 그의 몸을 휘감습니다. 그리고 이번에 괴물 반인반마 센토가 나타나 그를 쫓자 그는 도망합니다. 그리고 이후 5명의 도둑들이 나타납니다. 이들은 모두 당대 피렌체 귀족들입니다. 아그넬로(Agnello)는 사람이었다가 뱀과 뒤섞이고, 치안파(Cianfa)는 6개의 다리를 가진 괴물로 나타나고, 부오소(Buoso)는 사람이었다가 뱀 모양으로 바뀌고, 프란체스코(Francesco)는 4발 달린 도마뱀으로 나타나고, 푸치오(Puccio)는 유일하게 변하지 않는 모습으로 남아있습니다.

한 도둑이 다른 도둑의 이름을 불러 말했다. "치안파(Cianfa)는 왜 꾸물대? 어디 있지?" 나는 버질에게 듣기만 하라고 나의 손가락을 코와 입에 대었다. 독자여! 여기에 기록된 것을 믿지 않는다 해도 나는 놀라지 않겠다. 나는 분명히 보았지만 말하기 망설여진다. 아! 나는 6개 발을 가진 뱀 한 마리, 치안파를 보았다. 그 뱀은 발들을 세우고 튀어 오르더니 앞에 있는 3도둑들 가운데 하나, 아그넬로를 잡아 똘똘 감았다. 그리고 그의 허리를 가운데 발들로 잡고, 앞발들로 그의 팔들을 휘감았다. 그리고 이빨로 그의 뺨을 꽉 물었다. 뱀은 그의 뒷다리와 허벅지를 하나로 묶더니 꼬릴 그 사이에 끼워 넣어 뒤쪽 등 뒤로 뻗어 허리를 감았다. 그 끔찍한 뱀이 그의 사지를 휘감을 때, 어느 넝쿨식물도 나무를 그처럼 꼭 감을 수 없다. 그리고 뱀과 도둑은 녹아내린 양초와 같이 서로 붙어 색깔을 뒤섞어, 그들이 전에 어떠하였는지 구분할 수 없었다. 불타는 검은 종이가 검은색을 잃고 흰색 재가 되어 떨어지는 것 같았다. 나머지 두 도둑들은 그 모양을 보고 외쳤다. "맙소사, 아그넬로가 뭐로 변한 거야? 너희는 둘이 아니고 하나도 아니다." 둘이 하나의 얼굴로, 두 개의 머리가 하나의 머리로 되었다. 사지는 두 개의 팔로 합쳐지고, 다시 다리들과 허벅지들 가슴과 배는 합쳐지고 이어져 어디에서도 볼 수 없는 팔과 다리가 되었다. 이전 모습은 완전히 사라졌다. 그 끔찍한 모양은 둘인 듯하다가, 아니 아무 모양도 아니었다. 그러한 모습으로 그것은 사라졌다. 개같이 뜨거운 여름날 오후 도마뱀이 울타리와 울타리 지나 번개같이 미끄러지듯 큰 길을 건너가듯, 후추같이 검고 으스스한 작은 성난 뱀 한 마리 나타나 남은 다른 두 도둑 가운데 하나의 복부 쪽 배꼽을 향하여 돌진했다. 그리고 그 뱀은 도둑 앞에 쓰러져 쭉 뻗고 누웠다. 공격을 받은 도둑은 뱀을 쳐다보며 한마디도 말하지 않았다. 그는 조용히 서서 잠이 와서인지 발열하여서인지 하품하였다. 그는 뱀을 쳐다보았고 뱀은 그를 올려다 보았다. 그리고 뱀의 입과 도둑의 배꼽으로부터 연기가 마구 쏟아져 나오더니 두 연기가 만나 합쳐졌다. -「지옥」 캔토 25 : 43-93

로마의 시인 루칸(Lucan)은 그의 책 『내전』(『Civil War』)에서 사벨루스(Sabellus)가 뱀들에 물려 부패하고, 낫시디우스(Nassidius)의 몸이 부패해서 팽창하여 옷이 다 뜯어졌다고 말합니다. 그리고 오빗(Ovid)

은 『변신이야기』에서 테베의 도시를 건설한 카드무스(Cadmus)가 전쟁의 신 마르스(Mars)의 용을 살해했다가 뱀으로 변하였고, 님프 아레투사(Arethusa)가 강의 신 아르테미스(Artemis)를 피해 도망하여 분수가 되었다고 말합니다. 단테는 특별히 오빗이 말한 변신 내용들은 자신이 본 변신에 비교하면 아무것도 아니라고 말합니다.

오빗(Ovid)은 그의 시에서, 두 개의 별개 개체가 서로 주고받으며, 눈과 눈, 실체와 모양이 서로 교환하는 것은 말하지 않았다. 그리고 이상하게 뱀과 도둑 부오소는 대칭을 이루며 변신하여, 뱀이 도둑 되고 도둑이 뱀이 되었다. 뱀의 꼬리가 다리 되려고 둘로 갈라지고, 도둑의 두 발은 하나로 합쳐지고, 다리와 허벅지 그리고 그 이외 몸의 이어진 부분들 모두가 하나로 합쳐져, 이음새가 전혀 보이지 않게 한 몸체 되었다. 둘로 갈라진 꼬리들은 뱀의 꼬리 모양이 아닌 사람 다리 모양이 되었다. 뱀의 피부는 부드러워지고, 도둑의 피부는 딱딱해졌다. 도둑의 두 팔은 두 겨드랑이로 들어가고, 뱀의 두 발이 뭉툭하고 단단하게 튀어나왔다. 도둑은 길어지고 얇아진 반면에, 뱀은 사람이 감추었다가 사지로 드러내 보이듯 엉켜있던 그의 뒷다리를 펴서 사지로 뻗었다. 연기가 뱀과 도둑의 주위를 돌며 색깔을 바꾸었다. 뱀은 머리털이 심어지고, 도둑은 머리털이 빠졌다. 뱀은 사람이 되어 일어서고, 도둑은 뱀이 되어 땅위에 쓰러졌다. 각각 상대방이 자신의 얼굴이라 생각하고 서로 사악한 눈길을 떼지 않았다. 일어선 뱀의 주둥이는 이마까지 부풀어 오르고, 부드러워진 양쪽 뺨으로부터 두 귀가 튀어나왔다. 얼굴 모양의 일부는 아직 뒤로 밀리지 않아 앞쪽에 머물렀고, 남은 살로 얼굴을 장식하기 위해 코를 만들고, 적당한 크기로 두툼한 입술이 만들어졌다. 누워있던 도둑은 얼굴을 늘려 주둥이를 만들고, 달팽이가 자신의 뿔을 당겨 빼내듯이 머리에서 귀를 당겨 빼내었다. 한때 말하기 위해 온전하였던 사람의 혀는 갈라져 널름거리고, 갈라져 있던 뱀의 혀는 이제 닫혀졌다. 그리고 연기도 완전히 사라졌다. 도둑은 뱀이 되어 쉬익 소리 내며 사라지며 계곡을 침칠하였다. 도둑이 된 뱀은 뱀이 된 도둑 뒤를 쫓으며 침 튀기며 투덜거렸다. 그리고 갑자기 도마뱀이 된 프란체스코는 새로이 만들어진 등을 돌려 뱀이 된 부오소를 향하여 말하였다 : "나는 내가 기어가듯 기어가는 부오소(Buoso)를 찾아 어디나 가겠다." 이와 같이 나는 변신과 재-변신 그리고 상호 변신이 일어난 7번째 해자의 바닥을 보았다. 내가 잘못 쓴 부분이 있다면 부디 용서하시라. 모두가 새롭고 낯설었다. -「지옥」캔토 25 : 100-144

우리는 이곳에서 뱀이 도둑 되고 도둑이 뱀이 되는 것을 보았습니다. 도둑질은 내 것과 남의 것을 구별하지 않는 행위입니다. 그래서 뱀과 도둑과의 구별이 없이 변신하였다가 다시 변신하고, 서로 몸을 바꾸어 변신합니다. 자신이 누구인지 알 수 없어 정체성을 잃게 됩니다. 도둑들이 그렇습니다. 남의 것을 취하여 나의 것을 만드는 것이라면, 도둑이 아니기 위해 우리는 우리가 가진 것을 남에게 주면 됩니다. 처음부터 우리가 이 세상에 올 때 우리 것은 없었으니 우리가 이 세상에 얻어 가진 것들을 모두 주고 세상에 돌려주는 것이 맞습니다.

그것보다 더 좋은 일은, 은유적으로 말해, 나무를 심는 일입니다. 나무 심어 그늘 만들고, 풀들 돋아나, 풀벌레 모으고, 새들 날아와 노래하여 바람 불면 구름들 모여 비도 내릴 것입니다. 내가 세상에 나무를 심는다는 말이 대체 무엇입니까? 우리가 세상에서 무엇을 얻을까가 아니라 우리가 세상에 무엇을 줄까를 생각하여야 할 시간이 된 것 같습니다.

# XXVI-XXVII

## 제8지옥 8구덩이 : 거짓을 부추기는 충고자들

혀는 몸의 작은 일부이나 엄청난 일 할 수 있다 자랑합니
다. 아주 작은 불씨가 엄청나게 큰 숲 태웁니다. 그런데
혀는 불이고, 불의의 세계입니다. 혀는 우리 몸의 일부이
지만, 우리 몸 전부를 더럽혀 인생이란 수레바퀴에 불을
지펴놓습니다. 결국 혀 때문에 지옥 불에 떨어지게 됩니
다. –「야고보서」 3:5-6

단테는 캔토 26 처음 도입부에서 앞서 우리가 보았던 도둑
들이 있는 7구덩이의 5명의 인물들이 모두 피렌체 사람들
임을 말하고 피렌체의 부패를 질타하며 1304년에 일어날 일을 예
고합니다. 1304년 프라토(Prato)의 추기경 니콜라스는 교황 베네딕
트 11세의 지시로 피렌체로 와서 당파싸움을 중재하려 합니다. 그
의 노력이 모두 실패로 돌아가자 그는 피렌체를 떠나며 저주의 말을
합니다. 그래서일까요? 니콜라스 추기경이 떠나고 곧 피렌체에는 여
러 재난이 발생합니다. 비가 많이 와서 다리가 무너져 많은 사람들이
죽고, 화재로 2000가구가 불에 타서 집들에서 사람들이 살 수 없게
됩니다. 그리고 그는 사기를 부추기는 충고자들이 머무는 8구덩이

(Bowge)에서 불꽃에 휩싸여 구덩이 바닥 위를 걸어가는 죄인들을 봅니다.

이제 모든 것이 빽빽하게 가득 들어차 있었다 – 세상을 비추었던 빛이 사그라져 간신히 연명하자, 몰려왔던 하루살이들도 잠시 들끓는 모기들에게 자리 양보할 때, 언덕 기슭에서 쉬고 있던 농부들이 계곡 아래 내려다보며 그들이 곡식을 거두어 땅 갈아 엎은 들판 위로 불벌레들 흩어져 반짝이는 것 보듯, 우리는 그렇게 이리저리 방황하는 불꽃들 반짝이는 8번째 구덩이 보았다. 그리고 그 아치형 도로는 주름진 바위들 깊은 돌바닥을 드러내 보였다. 엘리야가 엘리사와 헤어져 홀로 불 말이 끄는 불 마차를 타고 하늘로 올라갈 때, 엘리사는 하늘로 올라가는 불마차를 끝까지 바라 볼 수는 없었다. 마차는 하늘 높이 빛나는 작은 구름과 같이 형체 없는 불빛이었다. 그렇게 구덩이를 불꽃들이 지나갔다. 훔친 것을 감추는 도둑과 같이, 불꽃이 도둑을 감추었다. –「지옥」캔토 26:25-42

단테는 그들 가운데 율리시즈(Ulysses)와 디오메데(Diomede)가 하나의 불꽃에 휩싸여 가는 것을 봅니다. 호머(Homer)가 쓴『일리아드』(『Illiad』)에서 율리시즈와 디오메데는 트로이를 정복하기 위하여 거짓 충고하였던 희랍 영웅 전사들입니다. 꾀가 많아 술책에 능한 율리시즈는 트로이 성안으로 들어가기 위해 목마를 만들게 하고 그 안에 자신의 병사들을 숨게 하고, 트로이 병사들이 그 목마를 성안으로 옮기자, 밤에 희랍 병사들이 목마에서 나와 트로이를 정복합니다. 그리고 두 전사는 아킬레스(Achilles)가 트로이 전투에서 죽을 것임을 알고서도, 그를 트로이 전쟁에 유인하는 일도 합니다. 아킬레스를 낳은 바다의 여신 테티스(Thetis)는 아킬레스가 트로이 전쟁에 나가면 죽을 것임을 알고, 아들을 여자로 위장하여 스키로스(Scyros) 왕의 궁정에 숨깁니다. 그곳에서 아킬레스는 공주 데이다미아(Deidamia)와의 사이에 아들을 낳습니다. 율리시즈는 아킬레스가 있는 곳으로 가서 그를 트로이 전쟁으로 유인합니다. 아킬레스가 전쟁터로 떠나자 슬픔을 이기지 못하고 데이다미아는 죽습니다. 버질이 율리시즈와 디오메데가 하나의 불꽃으로 가는 것을 보고 말합니다.

저기 율리시즈가 디오메데와 하나가 되어 고통 받으며 가고 있다. 그들은 상대의 분노를 함께 공유하며 같은 길을 갔던 까닭에, 복수 당한 자의 고통도 공유하고 있다. 그들은 불속에서 목마의 술수 부린 것 슬퍼하고 있다. 목마 옆구리 문들이 열리고, 로마를 세운 용맹한 선조들이 쏟아져 나왔다. 그리고 아킬레스를 속여서 데이다미아를 죽게 만든 술수를 후회하고, 트로이에서 아테네 석상을 훔친 일로 복수를 당하고 있다. ─「지옥」 캔토 26:55-63

버질은 율리시즈와 디오메데를 불러 세워 그들의 마지막 항해, 죽음으로의 항해가 어떠했는지를 묻습니다. 그리고 율리시즈가 말합니다.

"하나의 불꽃 안에 하나와 같이 가는 두 영혼이여, 나는 당신들에 대해 나의 시에서 잘 썼든 아니든 하늘 아래 최고의 말로 칭송

하였다. 세상을 버리고 죽음의 항해를 시작할 때 어느 경계지점까지 갔는지 둘 가운데 누구라도 이야기해주시오." 그러자 불꽃 가운데 뿔처럼 더 높이 타오르는 곳에서, 바람에 흔들려 지친 듯 흔들리는 불꽃이 머뭇머뭇 움직였다. 혀가 언어를 만들어내려 움직이듯이 불꽃이 이리저리 흔들리며 목소리 하나 만들어 대답했다. "나의 부하들을 돼지로 만들면서까지 나를 붙잡아두었던 마녀 키르케(Circe)를 뿌리치고 고향 이타카(Ithaca)를 향해 가는 길에, 나는 아이네아스(Aeneas)가 후에 자신의 유모를 그 땅에 묻고 그녀의 이름을 따서 지은 카이에타(Caieta)에서 12달 머문 후에야 고향에 닿았다. 그 후 고향에 머물러 있는 동안 나는 나의 아들로부터 보살핌 잘 받고, 나의 늙은 아버지를 공경하고, 남편으로서 아내 페넬로페(Penelope)에 사랑도 주면서 지냈지만, 그것으로는 무언가 많이 부족했다. 나는 인간의 선과 악을 찾아서 그 누구도 가보지 않은 불멸의 세계로 여행하고 싶은 치솟는 욕망을 도저히 억누를 수 없었다. 그래서 나는 배 한 척을 바다에 띄워 나를 떠난 적이 없는 부하들을 데리고 깊고 넓은 바다로 나갔다. 모로코와 스페인 해안을 바라보며 지나고, 사르디니아(Sardinia) 섬도 지났다. 그렇게 우리는 파도가 부서지는 모든 해안들과 모든 바다를 지났다. 나와 나의 동료들은 이제 나이 들어 행동이 많이 굼떴다. 살아있는 사람은 갈 수 없어 지도에도 없는 곳, 그 누구도 갈 수 없는 곳이라며, 헤라클레스가 두 개의 기둥을 세워 표시한 곳, 그곳으로 가는 바다를 건너기 전, 우리는 배를 몰아 좌측으로 세우타(Ceuta)를 지나고, 오른쪽으로 세비야(Seville)를 지났다. '수만 개 위험을 뚫고 용감하게 서쪽 모험 감행한 동료들이여! 인생 마지막 순간 맞이할 경험을 시작하자. 태양을 뒤로 하고, 우리는 이제 죽은 자들의 세계를 경험할 것이다. 우리가 어떤 사람들이었는가를 기억하자. 우리는 짐승처럼 무지함을 인정하고 살 사람들 아니다. 우리는 지식이 가져올 덕목을 생각하며 추구하는 자들이다." 내가 아무리 말해도 그들의 용기를 부추길 것 같지 않았지만, 적어도 나의 말이 그들에게 닥쳐올 어려움과 위험을 잊게는 하였다. 새벽에 떠오르는 태양과 뱃머리를 나란히 하고 우리는 배를 저어갔다. 우리가 어디로 향하는지도 모르는 길에 우리의 노들은 날개를 달고 계속 왼쪽으로만 저어갔다. 지구 반대쪽은 이미 밤이 되어 가득한데, 우리쪽은 밤이 낮게 가라앉아 바다 위에 더 이상 나타나지 않았다. 우리를 비추었던 달빛은 다섯 번 얼굴 보였다가 사라졌지만, 우리는 아무 생각 없이 그냥 바다를 노 저어갔다. 그러다가 어느 날 우리 앞에 지상낙원 연옥의 산이 나타났다. 이전에 본 적 없는 희미하게 보이는 그 산은 매우 높고 매우 가팔랐다. 처음에 우리는 즐거워하였지만, 이내 슬픔에 빠졌다. 그 미지의 땅으로부터 끔찍한 바람이 불어와 바닷물이 소용돌이치며 뱃전을 때렸다. 배는 3번 빙빙 돌더니 바닷물 잔뜩 뒤집어쓰고, 4번째 돌 때는 배의 후미가 바다 위로 올라가고, 배의 앞쪽이 바다 속으로 곤두박질했다. 모두 하나님이 하신 일이었다. 우리는 바닷물을 머리 위에 뒤집어쓰고 바다 아래로 하염없이 가라앉았다." -「지옥」캔토 26:79-142

이들 거짓을 사주한 충고자들은 자신의 지적 능력을 속임수로 사용한 자들입니다. 앞에서 우리가 보았던 도둑들은 물리적인 속임수를 쓴 자들이었습니다. 그러나 이들은 물질을 도둑질한 것이 아니라, 정신을 도둑질한 것이어서 그들보다 더 심한 형벌을 받습니다. 이들은 영혼을 도둑질하여, 다른 사람이 지니고 있는 정직성을 빼앗은 자들입니다. 그들은 형벌로 불속에 갇혀 있고, 그들이 말할 때 그들의 혀는 불꽃으로 타오릅니다. 그들은 자신이 직접 불의를 행하지는 않았지만, 남들이 불의를 행하도록 그들의 혀를 놀린 질 나쁜 자들입니다.

다음은 단테가 쓴 〈율리시즈의 죽음으로의 여정〉을 읽고 19세기 영국시인 테니슨(Alfred Tennyson : 1802-1892)이 쓴 시 〈율리시즈〉 (1833)입니다.

곡식 거두어 쌓아 놓고 먹고 잠자면서도, 왕이 누구인지도 모르는 무식한 국민에게, 똑같이 벌주고 상주는 법 베풀면서, 가파른 절벽들 사이에 놓여 있는 왕궁 화롯가에서 불 쬐며 아내와 마주하고 앉아 세월 보내는 것은 진정 왕이라면 그가 할 짓이 아니다.

모험 그만둘 수 없다. 나는 인생의 찌꺼기까지 모두 맛볼 것이다. 나는 늘 나를 사랑하는 사람들이나 아니면 나 홀로, 극단의 기쁨과 고통 누렸다. 육지나, 비 뿌리고 물보라 치는 돌풍으로 소나기가 거센 검은 바다 거칠 때도 그랬다. 어디를 가도 나를 모르는 사람은 없었다. 많은 것 보고 경험하려는 굶주린 가슴 끌어안고 사방 돌아다녔다. 사람들 사는 도시들, 풍습들, 기후들, 사회들 그리고 정부들, 그들 모두 적잖이 나를 환영하였다. 나는 바람 부는 트로이 전쟁터에서 갑옷 입고, 나와 함께 한 부하들과 전투의 기쁨 만끽했다. 나는 내가 마주한 모두와 하나가 되었다. 이제 그들 경험들 모두 빛들로 만들어진 아치가 되어, 내가 움직일 때마다 내가 아직 경험하지 못한 세계의 가장자리는 계속하여 새롭게 저만치 희미하게 물러나 나를 영원히 들어오라 부른다. 아무것도 하지 않고 이대로 인생을 끝냈다면 난 그 얼마나 바보냐? 칼을 칼집에서 빼지도 못하고 녹슬게 할 수 없다! 꺼내어 휘둘러보지도 못할 수 없다! 단지 숨만 쉰다고 산다는 것은 아니다. 인생이 쌓이고 쌓였는데도 얼마 되지 않는다. 더구나 이제 나에게 남은 인생은 얼마 되지 않는다. 그러나 매순간은 영원한 침묵에서 뭔가 더 많은 것을 떼어 놓고, 늘 새로운 것들을 가져온다. 인간의 사고가 미치는 곳 그 너머까지 지식을 추구해야 할 터인데, 나의 사라져 가는 별과 같이, 이제 얼마 남지 않은 회색빛 영혼이 하루 종일 나이만 까먹고 있다면 그것은 분명 죄악이다.

여기 나의 아들 텔레마쿠스(Telemachus)가 있다. 나는 이제 그 아이에게 왕홀과 왕국을 넘기겠다. 그 아인 나의 사랑 받아 이 일을 분별 있게 잘할 것이다. 그 아인 거친 국민을 복종하게 할 신중함의 인내를 갖추어서, 그들을 유용하고 선한 국민들로 만들 것이다. 내가 떠나도, 그 아인 흠잡을 수 없는 의무감의 한 가운데 자리 잡고 앉아, 늘 자비롭게 일 처리하여 사랑 받고, 조상들에게도 때 맞춰 예의를 갖출 것이다.

이제 항구에 배가 돛 활짝 폈고, 검고 넓은 바다가 우릴 부른다. 나와 함께 고생했고, 유명세 탔고, 생각했던 나의 동료들이 여기에 있다. 그들은 즐거울 때나 괴로울 때나 늘 기쁜 마음으로 자신 있게 함께했다. 너희도 늙고 나도 늙었다. 나이는 경험과 경륜의 미덕을 갖고 있다. 죽으면 모두 끝이다. 죽기 전에 뭔가, 뜻깊은 뭔가를 해야 한다. 하나님과 함께 했던 사람들은 모두 이름을 남겼다. 태양이 바위 뒤로 사라지며 반짝이고, 길었던 하루도 저물어간다. 달이 천천히 떠오르고, 깊은 바다가 여러 가지 소리로 우릴 부른다. 자, 나의 동료들이여, 이전보다 더 낯선 세상을 찾는 일이 늦지는 않았다. 배를 띄우자. 질서 있게 자리에 앉아 노를 잡고 바다를 두드려 고랑을 내자. 내가 죽을 때까지 가려는 곳은, 별들이 잠자리 드는 서쪽, 해가 지는 곳 너머이다. 우리는 잘하면 서쪽 바다 너머에 있는 천국에 이르러, 우리가 잘 알고 있는 아킬레스(Achilles)를 만날 수도 있다. 많은 것들이 이루어졌지만, 아직도 해야 할 것들이 많이 남았다. 그 옛날 하늘과 땅을 돌아다녔던 그때의 우리는 분명 아니다. 그러나 우리는 우리다. 우리는 모두 한 가지 영웅 전사의 마음 가졌다. 세월과 풍파로 우린 예전과 달리 힘도 없고, 정신도 예전 같지 않다. 그러나 싸우고, 추구하고, 발견하고, 그리고 굴하지 않는 마음은 예전과 다름없이 강하고 아니 더 강하다 (1833).


캔토 27에서 두 시인이 율리시즈를 떠나보내고 이야기를 나누며 갈 때, 그들의 목소리를 듣고 불꽃 하나가 그들을 쫓아옵니다. 그는 로마냐(Romagna) 출신으로 기벨린 당 지도자였던 기도 드 몬테펠트로(Guido de Montefeltro : 1223-98)입니다. 그는 버질이 로마냐 어투를 사용하는 것을 듣고 현재의 로마냐 정치상황을 묻습니다. 단테는 버질을 대신하여 로마냐가 옛날과 마찬가지로 현재도 정치적인 파당 싸움으로 고통을 겪고 있다고 말합니다. 그리고 그는 단테도 그와 같이 지옥에 떨어진 인물이라 생각하고, 자신의 죄와 치욕을 다 드러내는 자신의 역사를 말합니다.

　　나는 전쟁터에서 싸우는 장군이었다가 나이 들어 프란체스코 수사가 되었다. 수사 옷 입으면 죄의 자리에 가지 않을 줄 알았다. 교황 보니파체 8세(Boniface VIII)만 아니었다면 나의 생각이 옳았을 것이다. 교황이 아니었다면! 그가 지옥에서 썩어야 한다! 그가 나를 옛날의 죄인으로 되돌려 놓았다. 어떻게 그리고 왜 그런지는 내 이야기 들어보면 안다. 나의 어머니가 나에게 살과 뼈 주어 세상에 내놓았을 때부터 나의 행동은 정의의 사자가 아니라 사기꾼 여우의 그것이었다. 나는 세상에 드러난 술수와 숨겨진 사기들 모두를 너무나 잘 알고 있었다. 나는 그들 두 기술들을 연마하여 세상 끝까지 가서 사용하여 성공하였다. 모든 사람들이 인생의 돛 내리고 항구에 정박할 나이에 나도 이르러, 나는 내가 지금까지 즐겨하였던 것들이 이제는 전혀 즐겁지가 않았다. 그래서 회개하고 고백하여 수사가 되었다. 그런데 그것이 화가 되었다. 모두 잘 될 수도 있었다. 1297년 새 바리새인의 제왕인 교황 보니파체 8세는 사라센인들이나 유태인들과 싸우는 것이 아니라, 로마에서 콜론나(Colonna) 가문과 공개적으로 싸우고 있었다. 교황의 적은 기독교인들이었다. 1291년 기독교의 보루인 에이커(Acre)가 사라센 지배하에 들어가고, 당시 교황은 기독교인들에게 회교도들과 무역하지 말라 하였지만, 교황 보니파체 8세는 이런 문제들은 관심도 없었다. 그는 교황이 무슨 일을 해야 하는지 교회가 무엇을 해야 하는지에 대하여 관심이 없었다. 나는 수사의 옷을 입고 세상을 떠나 세상일에 개의치 않고 있었다. 그러나 콘스탄티누스(Constantine) 황제가 기독교를 박해하였다가 문둥병에 걸려 지내다가, 꿈속에서 소락테(Soracte)에 숨어있는 실베스터(Silvester) 교황을 찾으라는 명령을 받고 그를 불러내 그 자신 개종하고 질병에서 치료되었듯이, 그는 자만심 가득한 질병 치료할 의사로 나를 찾아내었다. 내가 아무 말도 하지 않자, 그는 술에 취한 사람같이 말했다. "마음에 의심을 품지마라. 나는 네가 지금부터 말할 것을 모두 사죄해주겠다. 내가 어떻게 하면 이 콜론나 가문을 몰락시킬 수 있을지만 가르쳐다오. 나는 하늘 문을 열고 닫을 권한 가진 교황이다. 나는 교황 셀레스틴 5세(Celestine V)가 포기한 두 개의 열쇠를 가지고 있다." 너무나 분명한 그의 논리에 나는 더 이상 침묵할 수 없어 술수를 어떻게 부려야 할지를 말했다. "교황이시여, 내가 말하면 지옥에 떨어질 죄를 당신이 사죄해 주신다니 말하겠습니다. 지키지 못할 아무리 큰 약속이라도 먼저 지키겠다고 약속하십시오. 그리고 지키지 않으면 그만입니다. 그렇게 행동하면 당신은 교황자리에서 늘 승리자가 될 것입니다." 그리고 내가 죽었을 때 성 프란체스코가 나의 영혼을 가져가려고 나를 찾아왔다. 그러나 검은 천사들 가운데 한 천사가 그에게 말했다. "그놈 데려갈 생각 아예 마시오. 나에게 속임수 쓸 생각 마시라. 그놈은 내 것이다. 그놈이 잘못된 충고를 교황에게 할 때부터 지금까지 내가 그놈 머리채를 잡고 있었다. 그는 회개하지 않았으니 죄 사함 받을 수 없다. 그놈에게 죄와 회개는 다른 것이었다. 모순은 논리가 아니다." 아 나만 불쌍하게 되었다. 검은 천사가 나를 잡아갈 때 그는 빈정거리며 말했다. "너는 악마가 얼마나 논리에 강한지를 몰랐다!" 악마는 나를 지옥의 사자 미노스(Minos)에게 끌고 갔다. 미노스는 그의 비늘 가득한 등 뒤로 꼬리를 8번 뒤틀더니 꼬리를 입에 물어뜯으며 말했다 : "이놈은 불속에 갇혀 있는 영혼을 뺏은 도둑들의 8지옥 8구덩이에 있을 나쁜 놈이다." 그리고 나는 지금 네가 보듯 이곳에 떨어져 불의 옷 입고 고통 받으며 걸어가고 있다. –「지옥」캔토 27 : 67-129

그리고 두 시인은 불화의 씨를 뿌린 자들이 머물고 있는 제8지옥 제9구덩이를 향하여 갑니다.

# XXVIII

## 제8지옥 9번째 구덩이 : 불화의 씨를 뿌린 자들

어느 누가 시가 아닌 산문과 그리고 자주 사용되는 이야기 형식으로, 내가 보고 있는 이들 피투성이 상처들을 이야기할 수 있을까? 모두 실패할 것이 분명하다. 이들 뭐라 말하기도 이해하기도 불가능한 것들에 대하여 말할 글자도 없고 이해할 이성도 우리에겐 부족하다. -「지옥」 캔토 28:1-6

이해하기 어려운 것들을 이해 가능하게 풀어서 설명하여 쓴 것이 산문이고, 이해가 불가능한 것을 글로 쓰기 어렵다고 글로 쓴 것이 시입니다. 산문에서 저자는 알고 있다 말하고, 시에서 시인은 모른다고 말합니다. 시는 우리가 알고 있다고 생각하는 것들이 사실은 모르고 있는 것들이라 말하고, 산문은 우리가 모르고 있었던 것들을 알기 쉽게 이야기합니다. 우리는 흔히 '인생은 시이다'라고 말합니다. 우리가 인생을 잘 모른다 말하는 것입니다. 그래서 시라고 생각하는 인생은 삶이 지니는 신비함의 끈을 놓지 않는 인생을 말합니다. 우리를 무지의 신비함으로 끌고 들어가는 것이 시라고 할 수 있습니다. 그러니 우리가 『신곡』을 읽는 이유는 단 한 가지, 무지의 신비함 한 가운데 우리를 내려놓을 수 있어서입니다. 우리는 우리가 정말 아무것도 모른다는 사실을 모르고 살아가는 것 같습니다.

제8지옥 아홉째 구덩이 위에 놓인 다리로부터 두 시인들은 불화를 조장한 죄인들이 형벌 받는 것을 봅니다. 칼을 가진 악마가 죄인들 뒤를 따르며 계속하여 죄인들을 칼로 쳐서 토막 내고 있습니다. 단테는 이곳에서 3부류의 죄인들을 만납니다. 마호메트(Mahomet)와 그의 사위 알리(Ali)로 대표되는 종교 분리분파들, 메디치나(Pier da Medicina)와 쿠리오(Curio)로 대표되는 내부 교란자들, 그리고 가족의 불화를 조장한 대표자들로 모스카(Mosca)와 버트랑(Bertrand de Born)이 그들입니다. 먼저 마호메트와 그의 사위 알리를 보겠습니다. 알리는 마호메트교를 분파시킨 여러 지파 가운데 한 곳의 수장으로 마호메트교의 네 번째 계승자였습니다.

귀담아 듣는 귀와 거짓말하는 목구멍과 호기심 많은 코가 잘려 나갔다. 원통 술통의 윤곽을 잡고 있는 마무리판자 또는 막대가 빠져나가서 두 동강으로 벌어진 술통도, 턱에서 방귀 나오는 항문까지 잘려나간 이 사람 같지는 않다. 다리들 사이로 내장들이 걸려있고, 삼킨 것을 쓰레기로 걸러내는 위장과 함께 생명의 핵심인 심장, 폐, 뇌, 장기들 모두 바깥으로 나왔다. 내가 그를 유심히 보자 그도 나를 올려다보며 손으로 가슴을 열어 제치고 말했다. "자 내가 어떻게 찢어서 어떻게 찢겨졌나 보라. 나의 앞에 가는 나의 사위 알리를 보라. 턱에서 앞머리까지 잘려나간 얼굴에 눈물을 흘리며 가고 있다. 이곳에서 네가 보는 다른 모든 영혼들은 살아서 사

건사고를 조장하고 분파를 만들어냈던 자들이다. 그래서 이렇게
모두 육체가 갈라져 있다. 우리가 지옥 바닥을 걸어갈 때, 우리 뒤
로 악마가 나타나 그의 칼로 우리를 잔인하게 자르고 잘라낸다. 물
론 악마가 나타나기 전, 우리의 잘려나갔던 이전의 상처들은 모두
아물어 있다. 너의 죄에 해당되는 형벌 받기를 지체하고 다리 위를
꾸물대며 걸어가는 너는 누구냐?" – 「지옥」 캔토 28:22-45

마호메트와 헤어져 단테는 메디치나(Pier da Medicina)를 만납니
다. 그는 로마냐(Romagna)의 폴렌타(Polenta) 가문과 말라테스타
(Malatesta) 가문 사이에 거짓 소문을 퍼뜨려 두 가문을 다투게 하였
습니다. 그는 목구멍이 꿰뚫려 보이고 코가 잘려나가고 한쪽 귀만을
가지고 걸어가다가 단테가 이탈리아 말을 하는 것을 듣고 예언의 말
을 합니다. 그리고 쿠리오(Curio)를 만납니다. 시저(Julius Caesar)는
쿠리오의 충고로 라미나(Rimini) 근처 루비콘(Rubicon) 강을 건넙니
다. (49 B.C.) 그리고 두 나라 이탈리아와 프랑스 골(Gaul) 민족이 싸
우게 됩니다.

단테는 두 팔이 잘리고 몸통만 갖고 얼굴에 피범벅을 한 모스카
(Mosca)를 만납니다. 모스카는 피렌체가 겔프 정당과 기벨린 정당
으로 나뉘어 싸우도록 두 가문에 불화를 조장한 인물입니다. 그리
고 그는 영국 왕 헨리 2세와 그의 아들 헨리 왕자 사이에 불화를 조
장한, 12세기에 가장 유명한 프로방스 음유시인 버트랑(Bertrand de
Born : 1140-1215)을 만납니다.

나는 멈추어 서서 무리들을 살펴보았다. 그리고 확신이 서기까지 말하기 두려운 뭔가를 보았다. 그러나 마음 속 깊이 확신이 있었다. 그 시인은 고결함의 갑옷을 입은 기사들에게 용기를 북돋아준 친구였다. 분명 나는 보고 알았다. 본 듯 했다. 다른 죄인들이 달려올 때, 나를 향해 달려오는 머리 없는 몸뿐인 것을 보았다. 그는 잘려 나간 자신의 머리를 손에 들고 램프를 흔들 듯하였다. 나를 보자 말했다:"아! 나다!" 그리고 그 자신 등불이 되었다. 말하자면, 그것은 하나이며 둘이고 둘이며 하나였다. 그러나 어떻게 – 그는 누가 그를 그렇게 했는지 알고 있다. 그것이 다리 밑에 왔을 때, 그것은 팔을 높이 들어 손에 든 머리를 나에게 향하고 그 머리가 말하게 했다. "살아서 죽은 자 보는 자여, 자 내가 얼마나 끔찍한 형벌 받고 있는지 보라. 어느 슬픔이 이보다 더 크겠는가? 나에 대한 소식을 마음에 품고 가라. 나는 음유시인 버트랑이다. 영국 왕 헨리2세와 장남 헨리 왕자의 두 마음을 반목하게 만들어, 아버지와 아들을 갈라놓았다. 구약에서 아히토펠(Achitophel)도 거짓된 말로 압살롬(Absalom)과 다윗(David)을 이보다 더 나쁘게 갈라놓지 않았다. 나는 함께 붙어 있어야 할 것을 갈라놓았으니, 나의 몸통에서 머리가 뿌리째 뽑혀나갔다. 이 같은 짓 하면 받아야 할 형벌이 무엇인지 나를 통해 보아라." –「지옥」캔토 28:112-142

불화를 조장한 자들은 자신의 개인적인 이득을 취하려는 이기적인 마음으로 사회의 모든 분야를 갈기갈기 찢어놓은 악독한 죄인들입니다.

# XXIX-XXX

## 제8지옥 열 번째 구덩이 : 거짓 유포

질병을 초기에 발견하기가 어렵지 초기에 발견하면 치료
하기 쉽다. 질병을 적기에 발견하지 못하여 적절하게 치
료하지 못하면, 질병의 원인을 알더라도 치료하기 어렵
다. 국가에서 벌어지는 사건사고도 마찬가지이다. 거리를
두고 미리 예비하면, 사건사고를 바로 치료할 수 있다. 그
러나 미리 예견하지 못하면, 감당할 수 없을 정도로 사건
사고가 커져서야 알 수 있어, 그때가 되면 치료할 방법도
없다. – 마키아벨리

초기 자본주의 시대의 우리는 적당한 소비, 저축, 회계 관
리, 규율 등이 미덕이었다. 그 당시 경제란 합리적으로 우
리의 욕망을 제한하는 자제력을 의미했다. 19세기 대표적
인 질병인 결핵은 그런 19세기 경제를 부정하는 인간 행
태로 묘사되었다. 결핵의 징후는 인간 활력을 낭비하고,
기력을 소진하는 합리적이지 못한 경제행위로 표현되었
다. 이후 20세기 자본주의가 발전하면서, 확장, 투기, 새로
운 필요의 창출(불만족을 창출하여 만족으로 인도하는 경
제활동), 신용구매, 비이성적으로 욕망에 탐닉하는 경제활
동 등이 미덕이 되었다. 그리고 20세기 대표적인 질병인
암은 20세기 경제를 부정하는 행동방식으로 묘사되었다.

암세포의 비정상적인 성장이 그렇고, 소비하거나 낭비하기를 거부하는 인간 활력의 억제가 질병의 원인이라고 말하는 그것이 그렇다. — 수잔 손택, 『질병이라는 은유』

**질**병은 죽음의 마스크를 쓴 타자입니다. 우리는 처음 보는 낯선 외계인입니다. 우리를 숙주로 삼아 기생하는 기생충입니다. 우리 안에 살며 우리와 동행하지만 이질적인 외부인이고 침입자입니다. 스스로 우리를 떠날 때까지 우리가 어쩌지 못하는 손님입니다. 질병은 추적자가 되어 우리를 쫓아오고 우리는 죄인이 되어 도망갑니다. 아무 이유도 없이 질병이 우리를 급습하여 우리를 사로잡으면, 우리는 질병에게 우리의 죄를 고백합니다. 만나지 말아야 할 사람을 만나고, 먹지 말아야 할 것을 먹고, 접촉하지 말아야 할 것을 접촉한, 우리는 죄인입니다. 질병에 잡히지 않으려면 우리는 하지 말아야 할 것들을 하지 말아야 합니다. 침입자이고 가해자인 질병은 아무 죄가 없고, 질병에 잡힌 희생자인 우리만 죄인입니다. 이유도 없이 두려움에 떨고 있는 우리는 병든 죄인입니다.

단테가 당파싸움과 가족음모를 빚어낸 불화의 씨를 뿌린 자들이 있는 제8지옥 아홉째 구덩이에서 혹시나 자신의 친족을 볼 수 있을까 해서 떠나지 못하고 꾸물거리자, 버질이 그를 꾸짖습니다. 그리고 둘은 이야기를 하며 가다가 자신들도 모르는 사이에 다음 구덩이 다리를 건너 거짓을 유포한 죄인들이 있는 제8지옥 마지막 10번째 구덩이가 있는 곳으로 내려갑니다. 그곳엔 진실을 왜곡하고 거짓을 유포한 연금술사들, 거짓을 말한 자들, 자신을 남의 모습으로 위장한 자들, 그리고 위조지폐를 만든 자들이 있습니다. 이들 모두 자신의 이득을 위하여 거짓을 일삼은 자들입니다.

우리는 둑에서 다음 구덩이가 보이는 가장 가까운 지점까지 이야기하며 갔다. 빛이 좀 더 있었다면 바닥도 보았을 것이다. 조금씩 제8지옥 마지막 10번째 구덩이 위쪽까지 와서 아래의 죄인들 보았을 때, 탄식들이 칼날과 같이 나를 공격하여 불쌍한 생각 들어 나는 두 손으로 나의 귀를 덮었다. 모든 질병들, 병들 들끓는 발디치아나(Valdichiana)에서 불로 삶아낸 7-8월의 모든 전염병들, 마렘마(Maremma)와 사르디니아(Sardinia)에서 발생한 모든 열병들이, 모두 다 이 구덩이에 모여서 그들의 고통의 공포를 볶아내고 있었다. 곪아터진 고름들이 사지에서 흘러나와 역한 냄새가 진동했다. 우리는 왼쪽으로 가서, 길게 늘어진 둑으로부터 마지막 10번째 구덩이로 내려왔다. 이제 구덩이가 잘 보였다. 하나님의 사자, 불공정함이 없는 정의가 진실을 왜곡한 거짓 유포자들을 이곳에 데려다 벌주고 있었다. 공기가 부패하여 벌레들도 살 수 없어 모두 죽는 불결함의 대명사 아이지나(Aegina) 섬에 사는 환자들도 이들보다 더 슬픈 모습은 아닐 것인데, 아이지나 섬의 주민들이 전염병으로 모두 죽자, 주피터가 개미들을 사람들로 만들어 섬 주민들을 채웠다는 이야기는 많은 시인들이 다투어 이야기하였다. 어두운 구덩이를 따라 산재해 있는 죄인들의 광경은 그 끔찍한 곳보다 더 했다. 그들은 고통을 참으며 이곳저곳에 쌓여있다. 배를 깔고 누운 자가 있고, 이웃에 있는 자의 어깨에 자신을 기대고 누운 자가 있고, 어떤 자들은 그 비참한 길을 따라 사지로 느릿느릿 기어가고 있었다. -「지옥」캔토 29 : 37-69

버질과 단테는 질병에 걸려 일어설 힘이 없어 구덩이 바닥에 누워 있는 자들을 바라보며 갑니다. 그리고 탐욕의 허영심 때문에 자연이 부여한 물질의 성질을 변형한 연금술사들 둘을 만납니다. 연금술사들은 문둥병에 걸려서 격렬하게 자신들의 몸들을 벅벅 긁고 있습니다. 자연의 성질을 불경스럽게 거짓으로 변형시킨 죄로 깨끗하지 못한 불결함을 대표하는 질병, 문둥병을 앓고 있습니다.

불가에 등 맞대고 불 쬐는 두 개의 프라이팬과 같이 앉아 있는 둘을 보았다. 머리부터 발끝까지 상처에 고름딱지가 더덕더덕 붙어있었다. 너무나 가려워 대안 없이 자신의 손톱으로 자신의 몸을 긁어대어, 고름 딱지가 붙어있을 새가 없었다. 도미의 비늘이나 그보다 더 큰 비늘 가진 물고기 비늘을 칼로 긁어대듯, 또는 말 돌보는 아이가 주인이 지켜보는 가운데 말에게 빗질 하든지, 아니면 억지로 잠을 깨워서 화가 나서 북북 말 빗질하듯 하였다. 버질이 그들 가운데 하나에게 말했다. "영원히 손가락으로 그 일만 할 것 같이, 손가락을 갈퀴처럼 쓰고 있는 너! 이곳에 머물러 있는 자들 가운데 이탈리아 말하는 자 있느냐?" 그러자 하나가 울며 말했다. "보기 흉한 우리 둘 다 이탈리아인들이다. 그런데 우리에게 말하는 너는 누구냐?" 그러자 버질이 말했다. "나는 이 살아있는 사람과 함께 지옥 곳곳을 보며 여기까지 왔다. 이 사람에게 지옥 보여주는 것이 나의 의무이다." 그러자 기대어 있던 자세를 풀고 그는 몸을 떨며 나를 향해 돌아보았다. 그리고 버질의 말을 듣고 있던 나머지 하나도 똑같이 나를 향해 돌아보았다. 버질은 가까이 다가와 말했다. "말하고 싶으면 말해라!" 그래서 내가 말했다. "네가 살았던 전 세상 사람들 마음속에 너에 대한 기억이 사라지지 않고 영원히 살아남을 수 있도록, 네가 누구이고, 어디 출신인지 말해라? 너의 끔찍한 형벌이 너 자신을 나에게 드러내는 데 걸림돌이 되지 않게 하라." 그러자 그가 말했다. "나는 아레조 사람 (Griffolino d'Arezzo)이다. 시에나(Siena) 사람 알베로(Albero)가 나를 화형에 처하게 했다. 그러나 내가 화형에 처해져서 이곳에 온 것은 아니다. 나는 그에게 장난삼아 하늘 나는 방법 알고 있다고 말했고, 호기심 많지만 머리 좀 모자라는 그가 나에게 그 방법 알려달라고 했지만, 내가 그에게 하늘 나는 방법 알려주지 않자, 시에나의 사제로 종교 심판관의 사생아인 그는 아버지를 시켜 나를 화형시켰다. 나는 살아서 연금술사 노릇하여, 과오가 없는 미노스 (Minos)가 나를 이곳에 처넣었다." —「지옥」 캔토 29 : 73-120

아퀴나스는 두 종류의 연금술이 있다고 말합니다. 하나는 우리가 잘 알고 있는 화학의 초기단계인, 저급 금속들로 은이나 금을 만드는 것입니다. 다른 하나는 인간의 무지와 탐욕을 이용하여 물질의 본질을 훼손하는 권모술수를 부리는 사기술입니다. 우리가 위에서 인용한 연금술사는 두 번째 연금술의 의미로, 어리석은 젊은이 알베로

(Albero)로부터 돈을 뜯어내려고 모든 종류의 기적을 약속하였습니다. 그는 기적까지 만들어낼 능력은 없었습니다.

우리는 캔토 29에서 거짓된 것들을 만들어내는 연금술사들이 문둥병에 걸려 피부에 난 종기들을 손톱으로 긁고 있는 질병에 걸린 자들을 보았습니다. 이제 캔토 30에서 우리는 광증에 시달리는 자신의 모습을 다른 사람의 모습으로 바꾸어 자신의 이득을 취했던 위장자들과, 거짓 증거를 말하여 자신의 이득을 취했던 위증자들, 그리고 위조 금화 제조자를 만납니다.

\*

캔토 30을 시작하며 단테는 광증의 예로 유명한 미쳐버린 두 신화적 인물들, 아타마스(Athamas)와 헤쿠바(Hecuba) 이야기를 합니다. 그러나 이곳 지옥에서 광증으로 시달리는 죄인들과 비교하면, 이들 두 인물들의 광증은 광증도 아니다 말합니다.

주피터(Jupiter)의 아내 주노(Juno)는 자신의 남편 주피터가 테베(Thebes)의 왕 카드무스(Cadmus)의 딸 세멜레(Semele)와 바람 피워 술의 신 바쿠스(Bacchus)를 낳자, 화가 나서 테베 백성들에게 복수의 칼날을 겨누었다. 그녀의 복수는 이번이 처음이 아니었다. 주노는 세멜레의 여동생 인오(Ino)의 남편 아타마스(Athamas)를 살인의 광증에 휩싸이게 만들어, 그의 아내 인오가 두 아들을 양

손에 잡고 가는 것을 보고, 그가 짐승같이 울부짖게 만들었다: "그
물 쳐라. 가는 길에 그물 쳐라! 암사자와 두 마리 새끼사자들을 잡
자." 말을 마치자, 그는 그의 아들 가운데 하나를 손으로 잔인하게
붙잡았다. 그의 아기 리어쿠스(Learchus)가 애교 떨며 웃었지만,
그는 자신의 아이를 손에 잡고 빙빙 돌리다가 바위를 향하여 힘껏
던졌다. 인오는 놀라서 나머지 아기를 손에 잡고 도망하다가 바다
에 빠져 죽었다. 운명의 잔인한 손에 이끌려, 하늘을 치솟는 자랑
거리 많았던 트로이가 땅바닥에 곤두박질쳐서 트로이 왕국과 프
라이엄(Priam) 트로이 왕이 모두 몰락하였을 때, 트로이의 왕비 헤
쿠바(Hecuba)는 포로가 되어 그리스로 잡혀갔다가, 자신의 딸 폴
릭세나(Polyxena)가 아킬레스(Achilles) 무덤 앞에서 희생물로 살
해되고, 그녀가 믿고 이웃 왕에게 보살펴 달라 부탁하며 보냈던 그
녀의 아들 폴리도루스(Polydorus)마저 살해되어 해안가에서 발견
된 것 보았다. 지지리도 박복한 엄마는 미친개와 같이 울부짖었
으니, 그녀는 고통을 주체하지 못해서 정신이 나가 미쳐버렸다. –
「지옥」캔토 30:1-21


단테는 이곳에서 앞 캔토 29 마지막에 보았던 연금술사 카포치오
(Capocchio)가 위장술사 지안니 스키키(Gianni Schicchi)로부터 공격
을 받는 것을 목격합니다. 지안니는 피렌체의 카발칸티(Cavalcante)
가문 부오소 도나티(Buoso Donati)가 죽었을 때, 그의 아들 시몬
(Simone)의 부탁으로, 아버지 유산을 받기 위해 아버지 복장을 하고
유언장을 다시 작성하라 그에게 충고합니다. 그리고 그는 충고의 대

가로 부오소의 마구간에서 가장 좋은 말을 선물로 받습니다. 지안니 말고도 단테는 위장술사로 유명한 신화 인물 머라(Myrrha)를 봅니다.

　나는 광증으로 발가벗고 창백한 둘을 보았다. 그들은 발정이 나서 집을 뛰쳐나온 곰과 같이 내달리며, 그들과 함께 있는 나머지 죄인들을 깨물며 포악하게 굴었다. 그들 중 하나가 연금술사 카포치오를 덮치더니 이빨로 그의 목을 물어 질질 끌고 가다가 땅 위에 눕혔다. 그의 배는 거친 바위 바닥에 쓸리고 문질려 살갗이 다 벗겨졌다. 카포치오는 몸을 떨며 나를 보고 말했다. "저기 지옥의 사냥개 저놈은 지안니 스키키이다. 저놈은 광포해서 보이는 무엇이나 이빨로 물어뜯는다." 그래서 내가 말했다. "다른 놈의 이빨에 물리기 전에 다른 놈 이름부터 말해라. 그놈이 도망가서 사라지기 전에 빨리 말해라." 그러자 그는 이야기하였다. "저기 아주 옛날의 범죄자 신화의 인물 머라(Myrrha)가 있다. 그녀는 아버지를 사랑하였다. 몸도 마음도 모두 위장하여 아버지와 잠자리 함께 하려고 아버지 침대로 들어갔다가 발각되어 칼을 빼어든 아버지를 피해 아라비아로 도망가서 도금양(Myrtle) 나무가 되고, 그 나무에서 아도니스(Adonis)가 탄생하였다. 그리고 앞서 도망간 자는 최고 명마를 얻고 싶어, 아버지 부오소 도나티의 모습을 하고 가짜 유언장을 만들라고 아들 시몬에게 충고하였던 지안니 스키키이다." －「지옥」 캔토 30:25-45

단테는 두 위장술 대가들이 사라지자, 위조 금화 제조자 브레스키아(Brescia) 태생의 아담(Adam)을 봅니다. 그는 로메나(Romena)의 세 귀족 형제들의 부탁으로, 세례 요한의 얼굴과 백합이 있는 피렌체의 위조 금화를 만들었다가 발각되어 1281년 화형 당하였습니다.

　　나는 그곳에서 모습이 악기 루트와 같이 생긴 것 보았다. 사타 구니와 궁둥이 사이에서 갈라지는 두 다리가 똘똘 뭉쳐있다. 그는 얼굴과 배불뚝이 배가 비례하지 않을 정도로, 소화불량으로 복부 가 물이 차 부풀어 오르는 수종병 앓아서, 마른 입술 벌려 숨을 헐 떡이고, 피부는 굳어져 단단히 늘어진 채, 열병으로 입을 벌려, 위 쪽 입술은 갈증으로 돌돌 말려 올라가고, 아래 입술은 턱까지 말려 내려갔다. 위조 금화 제조 명장 아담(Adam)이다. 그가 말했다. "이 무시무시한 지옥을 벌 받지 않고 아무렇지 않게 걸어가는 자여! 그 이유는 알 수 없지만, 자 내가 하는 말 들어라. 위조 금화 제조 명장 아담이 어떻게 고통의 구덩이에 던져졌는지 보라. 살아서 돈 으로 살 수 있는 모든 것이 나의 것이었다. 그러나 지금 나는 물 한 방울이라도 나의 애타는 마음을 만족시킬 수 있다. 아 물 한 모금 이라도! 너무나 비참하다. 아르노(Arno) 강 상류 아름다운 푸른 언 덕 카센티노(Casentino)로부터 차가운 시냇물들이 도랑들 가득 흘 러 아르노 강으로 들어가는 것이 눈에 선하다. 물소리가 귀에 시원 하다. 그냥 시냇물 아니다. 나의 얼굴을 망가뜨리고 있는 질병들이 만들어낸 갈증보다, 그들 모습과 물소리가 나를 더욱 더 목마르게 한다. 정확하게 찾아서 판결하는 정의가 나의 죄 무게를 결정한다. 내가 살았던 세상의 죄를 셈하기 시작하면, 나의 한숨도 더 빠르게 높아만 간다. 내가 살았던 도시 로메나(Romena)에서 나는 세례 요한과 백합이 양면에 그려진 피렌체 금화 위조하는 방법을 배웠다. 살아서 그런 짓하여 나는 화형 당하였다. 위조 금화 만들게 한 기도(Guido)와 알렉산더(Alexander) 그리고 아기놀포(Aghinolfo), 그들 세 형제들 이곳에서 볼 수만 있다면, 나는 갈증을 잊고 로메나(Romena)에 있는 브란다(Branda) 분수도 그리워하지 않을 것이다. 구덩이 길을 미쳐서 날뛰며 돌고 있는 자들은 길이 있어 그렇다 하지만, 두 다리가 꽁꽁 묶여 있는 나에게 그 길이 무슨 소용이냐? 내가 걸을 수 있어 백 년에 손톱만큼이라도 걸을 수 있다면, 지금이라도 길 위로 나서서 그들을 찾아 나서고 싶다. 분명 그럴 것이다. 그 길이 가로로 반마일이고 둘레가 11마일이라도, 나는 몸과 얼굴을 알아볼 수 없이 훼손한 이 자들로부터 말하는 것을 듣고라도 그들을 찾아낼 것이다. 그들이 나를 이 파멸과 상실의 지옥으로 내몰았다. 금이라고는 코딱지만큼 들어있어 쓰레기뿐인 금화들을 만들라고 그들이 시켜서 내가 이곳에 왔다.” -「지옥」 캔토 30:49-93

그리고 단테는 아담에게, 그의 오른 쪽에서 한 덩어리가 되어 뒹굴고 있는 둘은 누구냐고 묻습니다. 우리는 이곳에서 거짓을 말한 위증자들 트로이 사람 시논(Sinon of Troy)과 보디발(Potiphar)의 아내를 봅니다. 시논은 그리스 첩자로, 할 수 있는 모든 맹세를 하고, 희랍의 군사들이 안에 들어있는 목마를 트로이 성으로 옮기도록 트로이 사람들을 설득한 인물이고, 구약에 나오는 장군 보디발의 아내는 요셉이 자신을 겁탈하려 했다고 거짓 위증한 인물입니다(「창세기」 39: 6-23). 그들 둘은 겨울에 물로 씻은 손에서 연기가 나오듯 그들의 몸에서 연기가 피어오릅니다.

"내가 이 웅덩이에 던져지기 이전부터 그들은 이곳에 있었다. 그들은 몸도 발도 움직일 수 없다. 아마도 영원히 그럴 것이다. 하나는 트로이 살았던 희랍 스파이 시논(Sinon)이고, 다른 하나는 요셉이 자신을 겁탈하려 했다고 거짓 증언한 보디발의 아내(Wife of Potiphar)이다. 그들을 불태우는 열기로 그들 몸에서 연기가 피어오른다." 그때 자신의 이름이 언급되기만 해도 화를 내는 사람과 같이, 둘 가운데 하나가 살아난 듯이 주먹을 쥐고 아담을 때려서 뒹굴게 만들었다. 술병과 같이 뒤로 넘어져 배를 깔고 있는 상태에서 아담은 할 수 있는 한 팔을 뻗어 자신을 때린 자의 얼굴을 정확하게 때렸다. 그러자 그가 말했다. "그래 해보자 이거지. 나는 두 다리가 무거워, 지금 있는 자리에서 움직이지 못하지만, 팔은 언제나 사용할 준비가 되어있다. 사람들이 너를 화형 시키려고, 너를 불가로 끌고 갈 때 너는 두 팔이 묶여 사용할 수 없었지만, 그래, 위조 금화 만들 때는 팔을 사용할 수 있었다 이거지. 그래 싸우자고 좋다." 그러자 수종병 걸린 아담이 말했다. "자, 이제야 진실을 말하는구나. 그러나 트로이 사람들이 너를 불러 진실을 말하라고 할 때, 너는 진실의 말을 하나도 하지 않았다." 그리고 시논이 말했다. "내가 거짓을 말했다면 너는 거짓 금화들을 만들어 거짓을 말했다. 나는 단지 거짓을 한 번 말했지만, 너는 많은 거짓 금화들을 만들어 지옥의 어느 마귀보다 더 많은 거짓말을 한 셈이다." 그러자 부풀어 터질 것 같은 배를 가진 자가 말했다. "위증자, 목마를 생각해라. 네가 말한 거짓 맹세를 생각해라. 이제 세상이 다 알고 있다고 생각하니 미치겠지." 그러자 트로이 사람 그리스 스파이가 말했다. "혀를 가르는 갈증 때문에 짖어대냐? 더러운 물로 배를 가득 채운 놈아. 눈앞이 가려 보이지 않지. 턱은 어디 숨겼냐?" 그러자 금화 위조자가 말했다. "입을 벌렸다 하면 거짓말이군. 내가 나의 배 속에 물을 가득 채우고도 갈증 느낀다면, 너는 부글부글 끓어 머리가 터질 것 같아, 나르시스의 거울이었던 물이라도 만나면, 네놈은 시키지 않아도 그 물을 핥아 먹을 것이다." -「지옥」캔토 30:94-129

단테가 둘이 싸우는 장면을 너무 재미있어 하며 지켜보자, 이를 지켜보던 버질이 화가 나서 단테를 꾸짖는 장면은 매우 유명한 내용입니다.

지금과 같이 죄악을 보고도 수치심으로 그곳을 떠나지 않는다면, 더 큰 죄악을 만나도 지금보다 덜한 수치심을 갖고 그 죄악을 보게 될 것이다. 더 이상 그것에 대하여 생각하지 마라. 앞으로 네가 가는 길에 운명이 이끌어 지금과 같이 죄인들이 싸우고 헐뜯을 때마다, 내가 너와 함께 지켜보고 있음을 명심하고 급히 그곳을 떠나도록 하라. 이런 것들을 보고 즐거워하는 사람의 마음은 비열하고 천박하다. -「지옥」캔토 30:142-148

남의 죄악을 보고 즐거워하는 것은, 남의 불행을 지켜보며 자신은 그 불행에서 배제되어 있다고 생각하여 자신의 안전을 즐기는 것과 같이 위험합니다. 하루 종일 텔레비전 앞에 앉아서 코로나 바이러스 뉴스를 보며 확진자와 사망자의 숫자를 지켜보는 것은 좋은 태도가 아닙니다. 내가 확진자와 사망자에 포함되어 있지 않아 안심하고 숫자의 증가를 지켜보며 즐거워하는 것과 같이 비열하고 천박한 짓입니다. 뉴스는 뉴스일 뿐입니다. 중계방송을 지켜보듯이 자리를 뜨지 않고 TV를 보는 것은 좋지 않습니다.

# XXXI

## 제9지옥의 우물, 그 바깥 둘레에 서 있는 거인들

호랑이! 호랑이다! 깜깜한 숲속에서 밝게 불타고 있다. 어느 불멸의 장인의 눈과 손이 너의 그 끔찍한 비율을 만들어낸 것이냐?

너의 눈이 쏟아내는 불꽃은 어느 지옥 어느 하늘에서 가져온 것이냐? 무슨 날개를 타고 올라 너를 취하였느냐? 무슨 손을 가졌기에 그 불길을 잡을 수 있었느냐?

무슨 힘과 무슨 논리로 너의 심장의 근육을 뒤틀어 심장을 만들 수 있었느냐? 그리고 너의 심장이 뛰기 시작했을 때, 얼마나 강력한 손이면? 얼마나 강력한 발을 디뎌야?

무슨 망치여야? 무슨 사슬이어야 너를 휘어잡을 수 있느냐? 그리고 너의 두뇌는 어떤 용광로에서 만들어졌느냐? 어떤 모루를 써야? 얼마나 강력한 손을 써야 죽음을 몰고 오는 너의 폭력을 휘어잡겠느냐?

별들이 창들을 내려놓고 하늘이 별들이 흘린 눈물들로 젖어있을 때, 너를 만든 창조자는 너를 보고 웃을 수 있을까? 어린 양을 만든 창조자가 너도 만들었느냐?

호랑이! 호랑이다! 깜깜한 숲속에서 밝게 불타고 있다. 어
느 불멸의 장인의 눈과 손이 너의 끔찍한 비율을 만들어
낸 것이냐? – William Blake, 〈Tyger〉

며칠 전 아내가 뜬금없이 내가 좀 정치적일 수 없느냐 말합
니다. 이 세상 정치적이지 않을 수 있는 사람은 없습니다.
심지어 철학자들 플라톤, 아리스토텔레스, 키케로 모두 정치학이란
책을 썼고, 단테도 통치 정책론을 썼습니다. 위에 번역한 시 〈Tyger〉
의 작가 블레이크의 시들은 모두 정치적인 시들입니다. 그는 『신곡』
의 내용을 판화로 해석한 시인입니다. 민음사 번역판은 그의 판화를
함께 싣고 있습니다.

꽤 오래 전 나는 블레이크의 판화를 싣고 그 내용을 시에서 찾아
그림을 해석하는 책을 쓰고 있었습니다. 그러다가 그가 그림과 시를
어떻게 이해하였는지를 먼저 연구하여야겠다 싶어 그의 시와 그림
이 들어있는 〈천국과 지옥이 결혼하다〉라는 시를 연구한 『문학적 환
상력』이란 책을 출판하였습니다. 미완성이 되어 버린 블레이크의 『신
곡』 판화 연구는 이제 「지옥」 읽기가 끝나면 다시 시작할 것입니다.
블레이크는 단테의 『신곡』을 이해하지 못하고는 이해하지 못할 시들
을 썼습니다.

캔토 31에는 지옥의 우물 주위에 거인들이 서 있습니다. 거인들이
란 하늘에 있는 신들과 전쟁을 벌였다 실패한 인물들입니다. 그들 중

에 사슬에 묶여있는 에피알테스(Ephialtes)가 있습니다. 그는 신들과 싸우려고 하늘에 오르기 위해 산 위에 산을 쌓은 인물입니다. 그래서 그는 지옥에서 두 손이 쇠사슬에 묶여 있습니다. 지옥의 우물 주위에 탑과 같이 늘어서 있는 거인들이란 무엇입니까? 누구입니까?

우리는 살아가면서 거인들을 봅니다. 하나님과 싸움하는 자들입니다. 현재 우리 주위에서 흔히 보는 종교지도자들, 정치가들, 정부관리들, 과학자들이나 학자들이 있습니다. 그들이 호랑이들입니다. 개인으로 보면 그들은 블레이크가 실제로 판화에 그려놓은 작은 고양이 같이 보잘 것 없이 미미해 보이지만, 그들이 상징성을 띠기 시작하면 무서운 호랑이가 됩니다. 많은 사람들이 그를 우상으로 섬겨 공포의 호랑이로 만들어 놓습니다. 그들은 모두 하나님이 되려 하였던 자들입니다. 우리는 이제 그들이 모두 제9지옥 얼어붙은 호수 코키터스(Cocytus)에 갇혀 있는 것을 볼 것입니다.

블레이크가 1798년 이 시를 쓸 때는, 1789년 프랑스 혁명이 끝나고 영국의 보수주의가 혁명에 찬물을 끼었던 시기입니다. 혼란스런 어두운 밤과 같은 시대에 호랑이라는 은유 'fearful symmetry'를 봅니다. 나는 '끔찍한 비율'이라 번역했습니다. 끔찍한 폭력성을 지닌 논리를 지닌 이성을 두고 말합니다. 블레이크에게 사람들이 말하는 이성이란 미신, 이교, 이단, 틀린 논리입니다.

우리는 질병과 싸우며 온갖 미신에 가까운 과학으로, 이성이란 폭력의 논리가 난무하는 시대를 살고 있습니다. 난장이들이 거인들이 되어 어두운 밤에 빛나는 빛이라며 호랑이가 되어 폭력을 휘두르며 날뜁니다. 이때다 싶어 깊고 깊은 골방 어두운 곳에 앉아 질병을 정치에 이용할 방법들만 생각합니다. 정치가나 의사나 정부관리나 종교 지도자나 모두 정치놀음 하는 꼭두각시입니다. 이들 종이호랑이들이 자신도 모르게 무서운 호랑이가 되어 우리 모두를 억압하고 우리에게 폭력을 휘두릅니다.

단테와 버질은 제8지옥을 뒤로하고 마지막 제9지옥을 향해 갑니다. 밤이라고 하기에는 빛이 남아있고, 낮이라고 하기에는 아직 어둠이 깔려있는 길을 말없이 갑니다. 그때 천둥소리가 무색하게 거인 님롯이 부는 커다란 나팔소리가 들립니다. 「창세기」에서 님롯은 '거인 사냥꾼'이라 하였습니다. 그래서 그는 사냥꾼의 나팔을 붑니다. 그리고 단테는 높은 탑들과 같은 것들이 둥글게 원을 그리며 있는 것을 봅니다. 그들은 제9지옥의 우물을 둘러싸고 우물 둘레에 배꼽 위만 보이고 서 있는 거인들(Giants)이었습니다. 이들 거인들은 신들이 살고 있는 올림퍼스(Olympus)를 공격하였다가 주피터(Jupiter)에게 패하였던 인물들입니다.

안개가 걷히며 수증기 가득해 숨어있던 모습들 나타나기 시작할 때와 같이, 어둠으로 짙은 대기를 뚫고 우리는 제9지옥 우물 가장자리까지 다가갔다. 탑들이라 생각했던 것들은 거인들이어서 두려웠다. 시에나(Siena) 성곽 몬테레지오네(Montereggione)의 벽 둘레로 솟아있는 탑들과 같이, 우물 벽 위로 배꼽 위 상체만 드러낸, 지금도 주피터가 천둥치며 하늘로부터 위협하는 끔찍한 거인들이 탑들 되어 서 있었다. 나는 그들 가운데 한 거인의, 얼굴과 어깨와 가슴과 커다란 배와 그의 옆구리로 늘어뜨린 두 팔들 보았다. 자연이 이들과 같은 피조물들을 만들어 전쟁의 신 마스(Mars)의 대장들로 삼지 않은 것은 정말 잘 한 일이다. 코끼리와 고래로 만족해서 다행이다. 거인을 잘 들여다보면, 자연이 매우 정의롭고 신중했음을 알 수 있다. 힘이 강한 데다가 악한 마음까지 가진다면 인간은 그들로부터 보호 받을 길이 없다. 그의 얼굴은, 로마 성 베드로 성당 마당에 있는 청동 소나무 상의 길이와 크기이고, 다른 뼈대들도 그에 비례하였다. 거인의 중간 아래를 숨기고 있는 우물 벽은 거인의 모습을 그 정도만 보여주었는데, 그 반신상은 키가 크기로 유명한 프리즈랜드(Friesland) 사람들 셋을 위로 쌓아도 그의 머리카락을 만질 수 없을 정도였다. 그리고 그의 허리 아래 부분은 성인 30뼘 정도 길이였다. –「지옥」 캔토 31:34-66

위에서 말하고 있는 거인은 바벨탑을 설계하여 언어의 혼란을 가져온 님롯(Nimrod)입니다(「창세기」 10:8-10, 11:1-9). 그가 아무도 알 수 없는 이상한 말('Raphel may amech zabi almi')을 하자, 버질은 그에게 화가 나면 나팔이나 불라고 말합니다. 그리고 둘은 왼쪽으로 돌아 활을 쏘아 떨어질 만큼 떨어진 거리에서 님롯보다 더 사납고 더 큰 거인을 봅니다. 단테는 누가 그렇게 큰 거인을 쇠줄로 묶어놓을 수 있었는지 의아해 합니다. 그의 오른팔은 뒤로 당겨 묶여 있고, 그의 왼팔은 목 쪽으로 당겨 묶였습니다. 그리고 나머지 몸의 부분은 다섯 겹으로 묶여 있었습니다. 그 거인은 신들과 싸울 때 하늘까지 올라가기 위해 그의 형제들과 함께 옷사산(Mount Ossa) 위에 펠리온산(Mount Pelion)을 포개서 쌓아놓은 에피알테스(Ephialtes)입니다. 그가 신들과 싸우기 위해 산들을 높이 쌓았을 때 팔을 사용하였기에 형벌로 그의 팔들이 묶여 있습니다. 그리고 두 시인들은 신들과 전쟁하지는 않았지만 리비아(Lybia)의 거인으로, 사자들 사냥하여 먹고 살았던 안타이어스(Antaeus)를 만납니다. 안타이어스는 지구의 아들로 땅에 붙어있는 한 불멸 무적의 존재였으나 헤르쿨레스가 그를 공중으로 들어 올려 그곳에서 숨을 끊어 죽였습니다. 그 거인은 묶여 있지 않아 그 두 시인들을 안고 들어 올려 우물의 안쪽 제9지옥에 내려놓을 것입니다. 그들은 우물 벽 위로 머리를 제외하고 571.5cm 가량 되는 높이로 솟아있는 안타이어스에게 옵니다.

로마의 장군 스키피오(Scipio)가 카르타고(Carthage)의 장수 한니발(Hannibal)과 그의 부하들을 물리친 그 리비아(Lybia) 계곡에서 수천 마리 사자들을 사냥하였던 너, 만일 네가 너의 형제들과 함께 거인들과 한편이 되어 신들과 전쟁하였다면, 거인들이 승리하였을지도 모르겠다. 자, 싫다 말하지 말고, 지옥의 강 코키투스(Cocytus) 강물이 얼어있는 우물 그 안으로 우리를 옮겨다오. 다른 거인들 티티어스(Tityus)나 타이폰(Typhon)에게 우리가 부탁하게 하지 마라. 여기 이 사람은 지옥에 있는 자들이 원하는 것들을 해줄 수 있다. 그러니 자 허리를 굽혀라. 입술을 삐죽이지 마라. 하나님이 빨리 부르시지 않으시면, 그는 살아서 돌아가 장수하며 세상에 너의 명성을 알릴 것이다. -「지옥」 캔토 31:115-129

그리고 버질은 단테를 불러 자신의 팔에 안고, 안타이어스는 허리를 굽혀 하나의 보따리와 같이 둘을 들어, 루시퍼(Lucifer)와 유다(Judas)가 있는 코키터스(Cocytus) 강물 얼어붙은 우물 바닥에 내려놓습니다. 그리고 그 거인은 몸을 펴서 배의 돛대와 같이 일어섭니다.

# XXXII

제9지옥 : **친족배반자 카이나**(Caina)**와**
**조국배반자 안테노라**(Antenora)

**제**9지옥 코키투스(Cocytus)라 불리는, 지옥 우물바닥의 얼어
붙은 호수에는 반역자의 무리들이 있습니다. 그들 반역자
무리들은 얼어붙은 호수 위로 머리만 내어 놓고 나머지 부분은 얼음
호수 아래 묻고 서 있습니다.

우리가 거인의 발 아래에서 조금 더 아래로 내려가 어두컴컴
한 우물 깊숙이 내려갈 때에도, 나는 우물을 둘러싸고 높이 솟아
있는 벽들을 계속 지켜보았다. 그때 누군가 말했다. "가면서 조심
해라. 네가 지나갈 때 지옥에 빠져 처참한 무리들 밟고 지나갈까
두렵다." 나는 돌아서서 나의 앞발 아래 펼쳐진 꽁꽁 얼어붙은 호
수 보았다. 물이 아니라 유리 같았다. 겨울하늘 오스트리아 다뉴

브 강이나 저 멀리 떨어진 돈 강도, 이와 같이 두꺼운 얼음으로 겨울 강물 숨길 수 없으니, 피에트로판(Pietropan) 산이나 탐베르닉(Tambernic) 산의 모든 흙들을 호수 위에 쏟아 부어도 호수 가장자리 균열 하나 만들지 못할 것이다. 농부 아낙네들이 이삭줍기 꿈꾸는 계절이 되어, 시내에서 주둥이들 물 위로 내밀고 물 위에 앉아 개굴개굴 울어대는 개구리들같이, 푸르딩딩한 목들만 얼음 바깥으로 내어놓고, 황새들과 같이 이빨들 덜덜 떨면서, 암울한 죄인들이 얼어붙은 호수에 서 있었다. 그들의 머리들 아래로, 얼음호수 내려다보고, 그들의 눈은 슬픔 가득한데, 그들의 입에서 나오는 입김은 지옥 감옥 더 음울하게 만들었다. -「지옥」 캔토 32:16-39

코키투스의 바깥으로부터 안쪽으로 중심에 이르기까지 4개의 무리들이 있습니다. 바깥으로부터 친족을 배반한 무리들이 있는, 자신의 형제 아벨(Abel)을 살해한 카인(Cain)의 이름을 딴 카이나(Caina)가 있고, 자신의 나라 트로이를 그리스에 팔아넘긴 안테노르(Antenor)의 이름을 따라 지은 조국을 배반한 무리들 있는 안테노라(Antenora)가 있고, 대제사장 사이먼(Simon)과 그의 아들들을 잔치에 초대하여 그들을 살해한 여리고 장수 프톨레미(Ptolemy)의 이름을 따서 이름 지은 손님살해자 무리들이 있는 프톨로마이아(Ptolomaea)가 있고, 마지막으로 예수를 배신한 유다(Judas)의 이름을 따서, 충성을 맹세하고 신의를 버린 무리들이 있는 유데카(Judecca)가 있습니다.

단테는 한동안 주위를 바라보다가 발밑에서 두 죄인이 머리털을 서로 뒤엉켜 섞은 채 얼굴만 얼어붙은 호수 바깥으로 내놓고 호수에 서 있는 것을 봅니다. 단테가 그들에게 말합니다.

"서로 가슴과 가슴 맞대고 서 있는 너희 둘, 누군지 말해라." 나를 바라보려고 그 둘이 힘들게 얼굴들 들어올렸다. 그들이 얼굴 들었을 때, 그때까지 눈에 고여 있던 눈물들 터져 흐르고, 이어서 곧 혹독한 차가운 날씨가 눈까풀 사이에 눈물들 얼어붙게 하였다. 나무와 나무를 쇠고리로 고정시킨다 해도 그렇게 단단히는 못한다. 그러자 머리들 맞대고 싸우는 염소들같이, 그들은 머리를 서로 부딪쳐 절망의 분노로 몸을 떨었다. 추위로 그의 상처 난 머리에서 두 귀가 떨어져 나간 또 다른 죄인이 그의 머리를 아래로 숨긴 채 소리쳤다. "너는 왜 우리를 그렇게 쳐다보느냐? 이들 둘이 누군지 알고 싶으냐? 말해주겠다. 그들과 그들의 아버지 알베르토(Alberto)는 비센찌오(Bisenzio) 강물이 흐르는 계곡을 소유하고 있었다. 그들은 같은 어머니 뱃속에서 나왔지만, 카이나를 온통 뒤져도 제리와 같이 붙어 있는 이 둘보다 더 이곳이 적합한 놈들은 없다." -「지옥」캔토 32:43-60

이들 둘은 재산 소유 문제로 서로 싸우다 함께 죽은 나폴레오네(Napoleone)와 알레산드로(Alesandro) 형제입니다. 단테는 이들 형제 말고도 이곳에서 수천의 친족살해자들을 봅니다. 그리고 그는 중심을 향하여 갈 때 그 자신 추위에 몸을 떨며 얼음판 위로 드러난 머리들 사이를 걸어갑니다. 그는 이제 카이나를 떠나, 나라 팔아먹은 죄인들 있는 안테노라(Antenora)에 들어섭니다. 그리고 그는 우연히 머리들 하나를 발로 찹니다. 그는 1265년 프랑스가 이탈리아를 침공할 때 프랑스군에 매수되어 길을 열어준 기벨린 정당 지도자 두에라(Duera)의 부오소(Buoso)입니다. 단테는 그를 알아보고 화가 나서 그의 얼굴을 발로 걷어차고 머리털도 한 줌 뽑습니다. 그리고 단테는 지옥에서 가장 유명한 장면과 마주합니다. 백작 우골리노(Ugolino)가 대추기경 루기에리(Ruggieri)의 머리를 씹어 먹는 장면입니다. 둘의 이야기는 캔토 33까지 이어집니다.

내가 얼음호수에 홀로 갇혀있는 자를 떠나 갈 때 나는 한 곳에 함께 얼어 붙어있는 둘을 보았다. 하나가 다른 하나의 머리 위에 모자처럼 얹혀 있었다. 배고픔을 참지 못해 빵을 뜯어 먹고 있는 사람같이, 하나가 다른 하나의 머리를 입으로 물어뜯어 게걸스럽게 턱을 놀리며 씹어 먹고 있었다. 칼리돈(Calydon)의 왕 타이디어스(Tydeus)가 메날립푸스(Menalippus)에게 치명상을 당하여 죽어갈 때, 그는 그의 적을 죽여 머리를 자르게 하고, 그 머리껍질 벗겨 속 파먹었다는 이야기가 있는데, 이곳에서의 그는 그보다 더 맛있게 먹고 있었다. 단테가 그에게 말했다. "오, 짐승같이 머리를 씹어 먹으며 분노를 삼키고 있는 자여, 네가 누구인지, 그의 범죄가 무엇인지 내가 알게 되면, 나의 혀가 메말라 말할 수 없게 되지 않는 한, 내가 세상 올라갔을 때, 너의 원한 풀 말을 세상에 널리 알리겠다." -「지옥」 캔토 32:124-139

우골리노(Count Ugolino della Gherardesca)와 그의 손자 니노(Nino dei Visconti)는 피사에서 겔프당 두 우두머리였습니다. 1289년 우골리노는 손자 니노를 제거하기 위하여 대주교 루기에리(Ruggieri degli Ubaldini)와 손잡습니다. 대주교는 니노가 추방되고 겔프당이 약해지자, 우골리노와 그의 아들들과 손자들을 사로잡아 탑에 가두었습니다. 그리고 탑의 문을 열지 못하게 그 열쇠를 강에다 버립니다. 8일이 지난 후 탑의 문을 열어보니, 희생자들 모두 굶어 죽어 있었습니다. 그러나 단테는 캔토 33에서 문을 못으로 박아 열 수 없게 했다고 말합니다.

우골리노가 허기져 하자 자식들과 손자들이 자기들을 죽여 먹으라고 말했다는 그 끔찍한 에피소드는 너무나 유명하여 화가들이 그림으로 그리고 조각가들에 의해 조각품들로 만들어지고, 그리고 시와 이야기들로 씌어졌습니다. 영국의 시인 초서(Chaucer)는 『캔터베리 이야기들』(『Canterbury's Tales』) 가운데 〈수도사 이야기〉(〈Monk's Tale〉)에서 우골리노의 이야기를 하고 있고, 영국 낭만주의 시인 셸리(Shelley)는 〈우골리노〉란 시를 쓰기도 했습니다.

# XXXIII

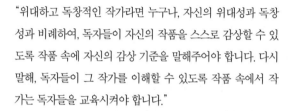

"위대하고 독창적인 작가라면 누구나, 자신의 위대성과 독창
성과 비례하여, 독자들이 자신의 작품을 스스로 감상할 수 있
도록 작품 속에 자신의 감상 기준을 말해주어야 합니다. 다시
말해, 독자들이 그 작가를 이해할 수 있도록 작품 속에서 작
가는 독자들을 교육시켜야 합니다."

나는 친구와 싸워 화가 나서 친구에게 나의 불만을 말하
고 화를 끝냈다. 그러나 나는 나의 적과 싸워 화가 났지만
말하지 않고 나의 화를 나무로 키웠다.

나는 들킬까 두려워 조심하며 그 나무를 몰래 밤낮 눈물
로 키웠다. 미소 짓고 달콤한 속임수의 사기는 그 나무에
비춰주는 태양빛이었다.

아름다운 열매 열릴 때까지 그 나무는 밤낮 자랐다. 어느
날 나의 적은 먹음직한 그 열매 보고 그 열매가 나의 것임
을 알았다.

밤이 대지 위에 장막 드리우자 그는 몰래 나의 마당 안으
로 기어들어왔다. 아침에 보니 즐겁게도 나의 적이 그 나
무 아래 죽어 쭉 뻗어 있었다.
– William Blake, 〈독 열매 나무(A poison tree)〉

**자**신의 앞에 있는 자의 머리 껍질을 벗겨 속을 파서 씹어 먹고 있는 백작 우골리노(Ugolino)를 보고 단테는 그가 누구이고, 그의 적이 무슨 범죄를 저질렀는지를 묻습니다. 그리고 알려주면 세상에 나가면 그 일을 세상에 알리겠다 말합니다. 그 말을 듣고 머리를 들어 우골리노가 말합니다.

말하기도 전에 단지 생각만 해도 절망으로 나의 가슴이 둘로 쪼개지는 그런 슬픈 이야기를 너는 꺼내어 말하라 하는구나. 너는 울며 말하는 나의 모습 볼 것이다. 네가 누구이고, 무엇이 너를 이곳에 오게 했는지 나는 모른다. 나의 귀가 나를 배신한 것 아니라면, 너는 피렌체 사람 틀림없구나. 나의 말들이 뿌려진 씨앗들같이 열매 맺어 내가 지금 그 자의 머릿속을 뜯어 먹고 있는 이 배신자를 수치스럽게 한다면, 먼저 우리 이름들부터 말하겠다. 나는 백작 우골리노였고, 이 자는 대주교 루기에리(Archbishop Ruggieri)였다. 내가 친구처럼 지냈던 그를 왜 이렇게 증오하게 되었는지 들어보라. 한때 나는 그를 믿었다가 그가 만들어 놓은 덫에 걸려들었다. 말할 필요도 없이 나는 덫에 걸려 살해되었다. 그러나 내가 지금부터 하는 말은 그 누구도 몰랐고 알 수도 없는 사실이다. 아, 나의 죽음은 얼마나 잔인하고 처참했던가?! 먼저 듣고 그가 행한 해악은 네가 판단하라. 나의 불행을 생각하고 후대 사람들은 그 끔찍한 탑 감옥을 '기아'라 불렀다. 그 감옥에는 작은 구멍 하나 있었다 - 내 생각에 지금 그 감옥은 많은 죄인들이 사용하고 있을 것이다. 그 구멍을 통해 다양한 모습의 달들이 창백한 얼굴을 하고 나를 찾아오던 어느 날 밤 나는 꿈속에서 나에게 일어날 일들 보았다. 권력 잡아 막강해진 이 자가 피사(Pisa)와 루카(Lucca) 사이 언덕 위를 돌아다니는 아비 늑대와 늑대새끼들을 사냥하고 있었다. 그의 사냥개들은 사납고 빠르고 솜씨가 훌륭했고, 그의 앞에는 피사의 기벨린당 가문들을 대표하는 시스문드(Sismund), 구알란드(Gualand) 그리고 란프랑크(Lanfranc)가 사냥꾼들 사냥하듯 말 타고 함께했다. 잠시 후 아비 늑대와 새끼 늑대들은 멀리 도망지 못하고 지쳐서 쓰러졌다. 그러자 사냥개들이 달려와 날카로운 이빨로 피 흘리는 사냥감들의 목과 옆구리를 물어뜯었다. 새벽녘 동트기 이전에 깨어나, 나는 나와 함께한 자식들이 잠속에서 빵을 달라고 울며 소리치는 소릴 들었다. 나의 가슴이 어떠했겠느냐? 네가 이것을 보고 눈물 흘리지 않는다면 분명 너는 잔인하다. 그런 소리를 듣고 울지 않는다면 도대체 어떠한 상황에서 울겠는가? 자식들 모두 깨어나고 우리가 매일 식사하던 시간이 다가왔다. 악몽은 우리 모두의 마음을 흔들어 마음이 편치 않았다. 그때 탑의 맨 아래쪽 문 못 열게 못질하는 소리 들렸다. 나는 말없이 나의 자식들 바라보았다. 나는 울지 않았고 돌이 되어 버린 듯 했다. 그러나 자식들은 울었다. 그리고 어린 손자 안젤름(Anselm)이 말했다. "할아버지 무슨 일입니까? 왜 그렇게 보세요?" 나는 눈물 흘리지 않고 아무 대답도 하지 않았다. 그날도 그 다음 날도, 세 번째 날까지 그랬다. 그리고 하루를 알리는 희미한 햇살이 돌로 만든 그 암울한 감옥의 창살을 뚫고 비출 때, 나는 자식들 얼굴 바라보며 그들 모두 나의 모습 닮았다 생각했다. 나는 슬픔을 참으려고 나의 두 손을 깨물었다. 그들은 내가 허기져서 그렇다 생각하고 모두 일어나 말했다. "오, 아버지, 만일 당신이 우릴 잡아먹는다면, 우리가 덜 고통스럽겠습니다. 이 살과 피는 우리가 태어날 때 당신이 주신 선물이니, 이제 다시 거두어 가세요." 나는 그들을 자극하지 않으려고 아무 말 하지 않았다. 오, 대지여, 자비심은 어디에 두었느냐? 땅을 벌려 우리를 삼킬 수는 없는 것이냐? 우리는 그날도 그 다음 날도 말없이 앉아있었다. 그리고 네 번째 날이 밝아올 때 아들 가도(Gaddo)가 울며 다가와 나의 발치에 쓰러져서, "아버지 나를 살려주세요"라고 말하며 죽었다. 네가 지금 나를 바라보듯이 나도 그때 나의 아들이 죽어가는 것 바라보았다. 그리고 나머지 세 자식들도 다섯째 그리고 여섯째 날 차례로 죽었다. 그리고 나는 장님이 되어 그들을 더듬어 찾았다. 나는 이틀 동안 죽은 자식들 이름 부르며 그들을 어루만졌다. 그때 나는 배고픔이 슬픔조차 어쩌지 못하는 일을 하고 말았다."-「지옥」캔토 33:4-75

우골리노 에피소드는 「지옥」편에서 가장 길고 가장 감동적인 이야기입니다. 특히 배고픔을 이기지 못하고 네 자식들을 먹어야 했던 우골리노의 처참한 모습은 차마 감당하기 어려운 장면입니다. 우골리노는 두 명의 아들들(Gaddo와 Uguccine)과 두 명의 손자들(Nino와 Anselm)과 함께 했습니다.

우골리노는 말을 멈추고 눈알을 굴리며 곁눈질하고는, 개가 뼈다귀를 물어뜯듯이 빠르게 그의 이빨을 추기경 목에 묻었습니다. 우골리노는 대주교 루기에리와 공모하여 자신의 손자 니노를 반역하는 공모를 저질렀습니다. 버질과 단테는 우골리노를 떠나, 등을 얼음판 위에 대고 누워있는, 손님을 자기 집 잔치에 초대한 후 살해한 자들이 있는 프톨로마이아(Ptolomaea)에 옵니다. 손님을 자신의 집으로 불러 음식 대접 후 그를 살해하는 이들 배신자들은 인간이 지니고 있는 가장 기본적이고 원초적인 인간성을 상실한 자들입니다. 그들은 울려고 해도 울 수 없습니다.

> 우리는 우골리노를 떠나 중심을 향해 가서 추위에 사로잡혀 꼼짝 못하는 무리들 보았다. 그들은 앞으로 구부릴 수 없어 등 대고 넙죽이 누워있었다. 그들은 슬퍼도 울 수가 없다. 슬픔은 눈으로 나올 수 없어 안으로 들어가 고통은 더 내부를 향해 있다. 그들이 흘렸던 첫 눈물이 얼음덩어리가 되어 얼굴에 얼어붙었다. 눈물은 수정마스크와 같이 이마 아래 공간을 덮어 모든 구멍을 막았다. 나를 아프게 찌르는 냉기 때문에, 감각을 무디게 하는 장소를 떠난 듯, 모든 감각이 나에게서 떠났다. -「지옥」캔토 33:91-102

손님을 자신의 집으로 불러 살해한 사람들 가운데 수사 알베리고를 단테는 만납니다. 수사 알베리고(Friar Alberigo)는 동생 만프레드(Manfred)와 논쟁을 벌이다가 그의 동생으로부터 얼굴을 맞은 적이 있었습니다. 그는 동생을 용서하고 그 일을 잊은 듯 행동합니다. 그리고 동생과 그의 아들들 가운데 하나를 저녁식사에 초대하여, 식사가 끝나고 후식 먹을 시간이 되자, "과일을 가져와라"라는 신호와 함께 무장한 하인들을 불러 동생과 그의 아들을 살해합니다. 수사 알베리고는 단테에게, 그의 슬픔을 눈으로 표현할 수 있게 자신의 얼굴을 덮고 있는 얼음을 제거해달라고 합니다. 그러자 단테는 이름을 말하면 부탁을 들어주겠다 말합니다. 수사는 단테와 버질이 지옥의 마지막 우물 중심 유데카로 가는 저주받은 영혼들인 줄 알고 자신의 이름을 말합니다. 배신자들은 육체적인 기준에서 인간성이 사라진 자들이어서, 그들이 배신하는 순간 그의 영혼은 지옥 프톨로마이아(Ptolomaea)에 떨어지고, 그의 육체는 그가 죽기까지 악마가 접수합니다.

"나는 수사 알베리고이다. 나는 나의 집에서 식사 후 "과일 가져와라"라는 신호로 하인들에게 동생 만프레드와 그의 아들을 죽이라고 말한 자이다. 나는 세상에서 되로 주고 지옥에서 말로 받고 있다." 나는 놀라서 말했다. "너 아직 세상에 살아있지 않느냐?" 그가 대답하였다. "그래. 그러나 위 세상에서 나의 육체가 어떻게 지내는지 나는 모른다." 손님을 집으로 불러 놓고 살해한 자들의 지옥 프톨로마이아(Ptolomaea)에 떨어진 자들은, 생명의 줄을 끊는 운명의 신 아트로포스(Atropos)가 그녀의 가위로 실을 자르기 전, 육체보다 영혼이 먼저 이곳에 던져진다. 나의 얼굴을 가리고 있는 이들 얼어붙은 얼음들 제거해주겠다 했으니 내가 말해주겠다. 내가 그랬듯이, 누구나 배신하는 순간, 곧장 악마가 그의 영혼을 쫓아내고 그의 육체를 접수한다. 그리고 악마는 그가 죽을 때까지 그의 육체를 통제한다. 네가 세상에서 막 이곳에 왔으니, 이제

이 일에 대하여 알 수 있을 것이다. -「지옥」캔토 33:118-136

　그리고 수사 알베리고는 그의 뒤에 있는 브란카(Ser Branca d' Oria)
에 대하여 이야기합니다. 제노아의 기벨린당이었던 브란카는 1290
년 장인 잔체(Michael Zanche)를 초대하여, 조카의 도움을 받아 그를
살해합니다. 브란카도 수사 알레리고와 마찬가지로, 육체는 위 세상
에서 살고 있지만, 배신행위로 영혼이 육체보다 먼저 지옥에 떨어진
경우입니다. 잔체는 부정부패의 사제로, 캔토 22 제8지옥 5번째 구
덩이에 있습니다. 이야기를 마치고 수사 알베리고는 단테에게 그의
얼굴을 가리는 얼음을 제거해 달라고 부탁하지만, 단테는 거부합니
다. 그를 바보로 만드는 것이 오히려 그에게 예의를 갖춘 것이라 생
각되어서입니다.

# XXXIV

너 아침의 아들 루시퍼(Lucifer)여 어쩌다 하늘에서 떨어
졌으며, 너 열국을 엎은 자여 어쩌다 땅에 떨어졌느냐. 네
가 네 마음에 이르기를 내가 하늘에 올라 하나님의 뭇 별
위에 내 자리를 높이리라, 내가 북극 집회의 산 위에 앉으
리라, 가장 높은 구름에 올라가 지극히 높은 이와 같아지
리라 하는구나. 그러나 이제 네가 지옥 구덩이 맨 밑에 떨
어짐을 당하리라. -「이사야」14:12-15

**캔**토 34 도입부에서 처음으로 버질이 라틴어로 말합니다. 우
리를 향하여 "지옥 왕의 깃발들이 다가 오고 있다." 그리고
단테는 멀리서 풍차 모양을 한 사탄(Satan, Beelzebub, Lucifer)을 봅니
다. 하나님의 질서인 권위와 은총을 배신한 반역자들이 있는 유데카
(Judecca)에 있는 죄인들은 이곳에서 세상과 모든 접촉을 배제당한
채 얼음호수 속에 몸 전체를 숨기고 있습니다. 그들은 자신들의 주인
들의 신의를 저버리고 배반 배신한 자들로 유리구슬 속에 있는 지푸
라기들 같습니다. 앞선 캔토 33 프톨로메아(Ptolomea)에서 단테가 바
람이 불어옴에 대해 궁금해 하자, 버질이 좀 더 가면 그 이유를 알 것
이라 했습니다. 그곳에서의 바람은 사탄이 여섯 개의 날개로 풍차와

같이 바람을 일으켜 얼음호수 코키터스(Cocytus)를 얼려 놓는 그 바람이었습니다. 다음 인용에서 우리는 유데카에 있는 죄인들의 모습을 봅니다.

> 짙은 안개 피어오르거나 대지 위에 밤 내려앉고 멀리서 바람 일으키는 풍차 보일 때, 난 그런 풍차 보는 듯했다. 바람 불고 피할 곳 없어 난 버질 뒤에 숨었다. 난 무서웠다. 지금도 난 무서워 떨며 그때 일을 시로 쓰고 있다. 유리공 속에 들어있는 지푸라기들같이, 영혼들은 얼음호수에 완전히 갇혀 있었다. 몇은 누워있고, 몇은 서 있고, 발을 위로 하고 머리는 아래로 박은 채 누워있는 자들 있고, 휜 활과 같이 머리를 발까지 휘고 있는 자들이 있었다. - 「지옥」 캔토 34:4-15

이제 버질은 사탄이 있는 곳으로 단테를 데려갑니다. 사탄은 하나의 머리에 3개의 얼굴과, 6개의 날개를 갖고 있습니다. 그는 3개의 입에 3명의 죄인들의 머리를 씹어 먹고 있습니다.

> 독자여! 그때 내가 얼마나 두려워 떨고 기절할 지경이었는지에 대해 묻지 마라. 뭐라고 말해야 할지 모르겠으니 쓰지도 않겠다. 나는 죽은 것도 산 것도 아니었다. 내가 죽은 것도 살아 있는 것도 아니었다는 말이 무슨 말인지 말할 수 있다면 말해 보라. 지옥 왕국을 지배하는 제왕 사탄이 얼음호수 위로 가슴 중간까지 내어놓고 서있다. 그는 거인이 아니라 거인들이었다. 부분들이 그렇게 크

다면 전체는 어떠하겠느냐? 지금 추한 것만큼, 하나님에게 눈썹을 치켜들었던 예전에는 아름다웠다. 그러니 모든 슬픔이 그로부터 흘러나온다는 말이 옳다. 그가 머리에 3개의 얼굴을 가지고 있는 것 보고 내가 얼마나 놀랐던지! 앞쪽 얼굴은 붉었고, 다른 두 얼굴들은 두 어깨 가운데쯤에서 위쪽으로 솟아 두 머리꼭대기가 붉은 얼굴과 맞닿아 있다. 오른쪽 얼굴은 흰빛과 노란빛 사이 색이고, 왼쪽 얼굴은 나일강 흐르는 곳에 사는 사람들 얼굴빛같이 검었다. 양쪽으로 두 개씩 세 쌍의 날개는 바다에 떠 있는 돛들과 같았다. 나는 그런 새 날개들 본 적이 없다. 박쥐의 날개와 같이 날개에 깃털이 없었다. 그는 날개로 바람 일으켜 코기더스의 호수를 얼렸다. 여섯 개 눈을 가진 그가 울자, 3개의 턱에서 눈물과 피 거품이 떨어졌다. 3개의 입들은 각각 이빨로 죄인을 하나씩 씹어 뭉개고 있었다. 그렇게 그는 세 죄인들에게 고통을 주고 있었다. 앞쪽 얼굴에서 씹히고 있는 죄인의 고통은 발톱으로 찢기는 고통에 비하면 아무것도 아니었다. 그는 자주 죄인의 등껍질을 벗기었다. -「지옥」캔토 34 : 22-60

사탄의 3개의 얼굴은, 하나님의 권능과 지혜와 사랑을 뜻하는 하나님의 삼위일체와 관련이 있습니다. 그리고 그의 세 얼굴빛은 하나님의 삼위일체와 반대 의미를 지닙니다. 하나님의 사랑에 반대되는 그의 증오는 붉은 얼굴이고, 하나님의 권능에 반대되는 그의 무능함은 노란 얼굴이고, 하나님의 지혜에 반대되는 그의 무지는 검은 얼굴입니다. 지옥에 떨어져 하늘의 영광이 사라진 사탄은 괴물 같은 짐승의 발톱과 털북숭이에, 박쥐의 날개들 3쌍의 6개 날개들과 3개의 얼굴들을 가졌습니다. 유데카에서 그는 3명의 죄인들 머리들을 3개의 입속에 넣어 씹고 있습니다. 붉은 입에는 하나님을 배신한 유다 (Judas)가 들어있고, 로마제국의 기초를 마련한 시저(Caesar)에게 충성을 맹세하였다가 배반하고 그를 살해한 두 사람, 브루투스(Brutus)와 카시우스(Cassius)는 각각 검은 입과 노란 입속에 들어있습니다. 그들은 모두 하나님의 질서를 거부하거나 부인한 자들입니다. 줄리어스 시저는 림보의 세계에 있습니다(캔토 4 : 123).

이제 버질과 단테는 사탄이 머무는 유데카(Judecca)를 떠납니다. 단테는 버질이 시키는 대로 그의 목 주위를 팔로 꼭 잡았습니다. 그리고 사탄이 날개를 활짝 펼 때, 버질은 단테를 등에 업고 사탄의 털 많은 허리를 잡고 내려옵니다. 그리고 바위틈을 지나자 버질은 등에서 단테를 내려놓습니다. 이제 그들은 마침내 지옥을 빠져나와 연옥이 있는 섬과 하늘에 떠있는 별들을 바라봅니다. 사탄이 하늘에서 떨어져 지구의 북반구 예루살렘을 뚫고 지구의 중심, 지옥에 머물게 되었을 때, 지구 중간의 빈 공간인 지옥의 공간만큼의 공간이 남반구로 빠져나와 연옥 산이 됩니다. 그리고 후에 연옥의 산꼭대기에 에덴동산이 생겼습니다.

사탄의 다른 이름 벨제부(Beelzebub : 바알세블)의 무덤인 지옥만큼의 크기인 저 아래 연옥 산의 꼭대기에는 에덴동산이 있다. 그곳에는 눈에는 보이지 않아 알 수 없지만, 작은 둔덕들 너머 이리저리 빈 바위 속을 지나 에덴동산까지 흘러오는 망각의 강, 레테(Lethe)가 있다. 버질과 나는 별들이 빛나는 연옥으로 들어가는 숨긴 길에 들어섰다. 그리곤 쉬지 않고 올라갔다. 그가 먼저 가고 나는 뒤에 갔다. 그리고 넓게 펼쳐진 둥근 공간으로 나가자, 하늘이 품고 있는 아름다운 별들이 보였다. 마침내 지옥을 빠져나와 우리는 이제 다시 별들을 볼 수 있는 곳에 왔다. ─「지옥」캔토 34 : 127-139

지옥을 빠져나오며 단테는 이성의 화신인 버질의 목을 꼭 붙잡았습니다. 단테에게 이성은 은총의 대리인 버질이었습니다. 단테는 이제 죄 사함이 이루어지는 연옥으로 올라갑니다. 그는 지옥에서 버질의 뒤를 따라 24시간 머물러 있었습니다.

세계 문학기행 명작의 고향

# 단테『신곡』

정명규


이탈리아의 아름다운 도시 피렌체를 흐르는 아르노 강변에는 '오래된 다리'라는 뜻을 가진 '폰테 베키오' 다리가 놓여 있다. 보석상의 다리로, 중세기 때부터 이름을 떨친 이곳의 전통은 현재까지 이어 내려오고 있어, 폰테 베키오 다리 양쪽에는 금은보석 등 귀금속을 파는 상점들로 가득해, 눈이 부시다.

그러나 더더욱 이 다리를 보석처럼 눈부시게 만들고 있는 것은 『신곡』의 저자 단테 알리기에리가 그의 구원의 여인 베아트리체를 여기에서 보았다는 전설 덕분이다. 베아트리체는 중세의 암흑처럼 캄캄한 단테의 마음의 눈을 열어, 천국의 빛의 세계를 보게 한, 단테 영혼 속에 빛으로 존재했던 영원불멸의 여인이다.


"오, 여인이여, 그대에게서 내 희망은 솟고, 그대는 나를 구하고
자 지옥의 파괴된 바닥을 밟아가기까지 수고를 하였소. 그대 능력

과 미덕을 통해서만, 나는 내가 보아온 것들이 고유한 은총과 선을 인식할 수가 있었던 것이오.”

그러나 단테가 베아트리체를 보았다는 단테 당시의 다리는, 홍수에 떠내려갔고, 지금의 다리는 그 후에 세워진 다리이다. 그래도 베아트리체와 단테의 전설만은, 홍수에 떠내려가지 않고 폰테 베키오 다리에 영원히 머물며, 아르노 강물처럼 늘 새롭게『신곡』의 고향을 흐르고 있다.


# 1


『신곡』의 나라 이탈리아를 찾았을 때, 첫 내음은 소나무의 향기였다. 이탈리아는 소나무가 많은 땅이었다. 어쩌면 온 인류의 영혼 속에서 강렬하게 살아 숨 쉬는 이탈리아의 문화와 예술의 훈향은 소나무의 향기일지도 모른다. 소나무 향기는 시인 단테에게 에덴동산의 영감을, 콜로디에게는 피노키오의 영감을, 그리고 베드로에게는 천국의 환상을 보게 했을 것이다.

레스피기의 음악, 〈로마의 소나무〉로 유명한 아피아 길은 옛 제국 로마의 영광과 번영을 상징하고 있는 길로, 이 길 한편에는 기독교도들에 대한 박해를 피해 로마를 빠져나오던 베드로가 예수의 환영을 본 곳이 있다. 바로 쿼바디스 도미네라는 이름의 성당이 그곳인데, 성당 이름은 “어디로 가시나이까, 주여”라고 베드로가 예수에게 묻던 말에서 유래했다.

베드로가 예수의 환영을 본 자리에는, 천국에서 내려온 예수의 발자국도 선명하게 남아있다. 예수로부터 "또 한 번 십자가에 못 박히러 로마에 들어간다"는 말을 듣고, 크게 뉘우친 베드로는 다시 로마로 들어가, 십자가에 거꾸로 매달려 순교를 한다. 세계 복음의 1번지이며, 가톨릭의 총본산인 바티칸 교황청 옆의 베드로 성당 자리가, 천국 문을 열기 위해 생명을 바친 베드로의 뜨거운 신앙심이 묻혀있는 곳이다.

베드로는 왜 목숨을 버리고 천국의 문을 열었을까? 인간은 왜 천국의 세계를 쳐다보고 살아야만 하는 것인가? 천국의 세계는 도대체 우리 인간과 어떤 관계가 있는 곳인가? 이러한 의문들이, 단테 알리기에리가 그의 불멸의 대서사시 『신곡』을 통해 추구했던 테마였다.

단테의 초상화를 보고 카알라일은 이렇게 말했다.

"지금까지 사실적으로 그려진 것으로는 가장 슬픈 얼굴이다. 전적으로 비극적이고 마음을 아프게 하는 얼굴이다."

카알라일의 표현처럼 시인 단테의 일생은 슬프고 비참했다. 그는 고향 피렌체에서 추방당한 정치가였다. 그는 생애 대부분을 남한테 의지하고, 눈물 젖은 빵을 얻어먹어 가며, 마치 거지처럼 이탈리아 전국을 떠돌며 살았다.

『신곡』은 춥고 배고픈 떠돌이 생활을 했던 불쌍한 영혼 단테가 중세의 암흑시대를 분노에 찬 눈으로 바라보고, 중세의 침묵을 깨고 소리친 한 위대한 영혼의 외침이다. 단테가 『신곡』을 쓸 때, 그를 꽉 사로잡고 있던 도덕적 문제는 무엇보다 하느님의 정의에 관한 문제였다. 악한 사람이 왜 선한 사람보다 더 잘살고 있으며, 하느님이 그런 일을 막을 수 있는 힘이 있다면 왜 그런 힘을 쓰지 않을까? 단테는 이러한 문제들의 해답을 찾으려고 지옥의 맨 밑바닥까지 들여다보고 싶었고, 그곳에서부터 지옥과 연옥과 천국에 이르는 정신세계의 여행을 했다.

"나는 아름다운 아르노 강변의 큰 도시에서 태어나고 자랐다."

그가 『신곡』에서 노래하듯이, 단테는 아르노 강변의 아름다운 도시 피렌체가 고향이다. 시인의 고향 피렌체는 가히 중세 르네상스의 요람이라고 할 수 있는 곳으로, 단테뿐만 아니라, 복카치오, 갈릴레오, 미켈란젤로 등 인류문화를 찬란하게 꽃 피운 위대한 인물들이 쏟아져 나온 세계문화의 밭으로 도시 그 자체가 중세 르네상스의 거대한 예술세계를 이루고 있었다.

그래도 피렌체는 시인 단테의 고향임을 더욱 자랑스럽게 여기고 있다. 단테는 그 자신이 곧 르네상스를 대표하고 있을 뿐만 아니라, 피렌체의 방언으로 씌어진 『신곡』 덕분에 피렌체의 언어가 이탈리아의 표준말로 선택받는 영광을 함께 누리고 있는 피렌체이기 때문이다. 피렌체 주민들이 느끼는 단테를 향한 자부심과 긍지의 한 모습은, 두오모 성당 안에 모셔 놓은 단테의 벽화에서도 읽어볼 수 있었다.

## 2

『신곡』의 고향을 찾아온 사람이면 피렌체에서 반드시 찾아보아야 하는 곳이 있다. 두오모 성당을 마주 보고 있는 산 죠바니 세례당이 그곳으로, 단테는 이곳에서 기독교인으로서 첫 영세를 받았다. 『신곡』에서 '나의 아름다운 성 요한성당'이라고 부르고 있는 산 죠바니 세례당은 눈물 젖은 빵을 얻어먹으며 방랑 생활을 했던 단테가 다시 돌아오고 싶어 했던 믿음의 고향이기도 했다.

"만에 하나라도 가능하다면, 나는 시민으로서 내 세례당으로 돌아가, 내 영세의 우물에서 면류관을 받으리라. 왜냐하면, 그곳에서 나는 신의 인정을 차차 받게 될 신앙의 세계로 들어갔고, 그 신앙으로 인해 베드로는 천국에서 내 이마에 원을 그렸다."

산 죠바니 세례당을 나와 피렌체의 구 시가지를 걷다 보면 종탑이 아름다운 교회를 볼 수 있다. 이 교회는 978년에 만든 베네딕트 교단의 바디오 피오렌티나라는 성당으로, 단테 당시 피렌체 주민들에게 아홉 시와 세 시를 알릴 때 종을 쳤던 교회로, 단테는 이 종소리를 들으며 자랐다.

"피렌체는 고대의 튼튼한 성벽 속에서, 아직도 아홉 시이며 세시가 울리는 것을 들으며, 즐거운 평화 속에서 근실 청렴하게 자손들이 살았네. 어떤 여인은 요람을 지키며, 낮고 부드럽고 달디 단

말투로 어린이를 달래고, 어느 여인은 길쌈을 하며 둘러앉아 아이
들에게 옛이야기를 해주며"

단테는 바디오 피오렌티나의 교회 종소리가 가장 잘 들리는 곳에
서 살았다. 교회 부근의 좁다란 뒷 골목길을 걸어 들어가면 "내가 태
어 자란 곳은 아름다운 아르노 강변의 큰 도시"라는 『신곡』의 한 구
절을 벽에 걸어 놓은 곳이 있는데, 이곳이 단테가 1265년 5월 태어
난 생가이다. 단테의 원래 생가는 허물어져서 현재의 집은 1865년에
단테 탄생 600주년을 기념해 새로 지은 집으로, 그 집도 이미 백 년
이 넘어서 고가가 되어있다.

단테는 아버지 알리기에로 디 벨린치오네(Allghiero di Bellincione)
와 어머니 벨라(Bella) 사이에서 태어났다. 어머니는 단테를 낳자마자
세상을 떠났기 때문에 단테는 계모 라파 치달루피(Lapa Cidaluffi) 밑
에서 양육되었다고 한다. 형제로는 계모에게서 태어난 남동생과 여
동생이 있었다고 한다.

단테는 어쩌면 외로운 소년이었는지 모른다. 그는 나이 9살 때 먼
발치에서 제 나이 또래의 소녀 베아트리체를 보고 사랑을 느낀 숙성
한 소년이었다. 단테는 9살 때 베아트리체를 폰테 베키오 다리에서
처음 보았고, 9년 후 그의 나이 18세 때, 우연한 기회에 그녀로부터
은근한 눈인사를 받았으나, 그녀는 다른 남자와 결혼했고, 24세의 나
이로 세상을 떠났다. 단테와 베아트리체의 만남은 이것이 전부였다.
그러나 그녀는 단테의 영혼 속에 천국의 빛으로 존재했던 영원불멸
의 여인이다.

"소나기처럼 쏟아져 내린 꽃구름 속에서 한 여인이 눈앞에 나타났다. 올리브 넝쿨의 관에 순결한 백색의 베일을 걸쳤다. 그녀의 망토는 녹색, 가운 위에는 불꽃이 타오르고, 빛이 엉킨다. 내 영혼은 이 여인을 보고 그 앞에 서서 떨며 성스러운 두려움에 한동안 망연해졌다."

대 시인 단테의 가슴을 불태웠고, 『신곡』의 독자들의 가슴속에 꺼지지 않는 빛으로 살아있는 불멸의 여인 베아트리체, 그녀의 집은 단테의 집에서 골목 하나 빠져나온 속에 있는 현 토스카나은행 자리였다고 한다. 그렇다면 단테는 겨우 골목 하나를 사이에 두고 그렇게 애간장을 녹이고 있었다는 얘기인가?

단테의 집 앞 골목에는 산타 마리게타라는 교회가 있다. 이곳은 단테 집안에서 다녔던 교회로, 단테는 그의 나이 26세 때, 귀족 가문의 처녀 젬마 도나티와 결혼했다. 한동안 단테가 결혼식을 올린 교회는 집 근처에 있는 교회 산 마르티노라는 설도 있었지만, 최근에 와서, 이 교회라는 설이 더 유력시되고 있다.

단테는 부인과의 사이에 아들 둘에 딸을 하나 또는 둘을 두었을 것으로 추정될 뿐, 확실한 기록은 남아 있지 않다. 단테가 결혼식을 올린 교회는 베아트리체의 집안, 포르티나리 집안의 무덤이 있어, 베아트리체가 이 교회에 묻혀있다는 주장도 대두하고 있다.

단테의 집 창밖으로는 중세부터 현재까지 피렌체를 다스려온 벡키오 궁의 탑이 보인다. 현재의 벡키오 궁전은 1298년에 짓기 시작해서 1314년에 완성된 건물이어서, 1301년 고향에서 추방된 단테의 정치 생활의 직접적인 무대는 아니지만, 피렌체에서 단테의 불행했던 정치인의 삶을 느껴볼 수 있는 곳이었다.

"인생 여로 반 고개에서 나는 올바른 길을 잃고 알고 보니 홀로 어두운 숲속에 와 있어라. 아, 뭐라 말하리오, 그 숲의 인상을, 그렇게도 거칠고 두렵고 음산한 황야가 있을 줄이야, 생각만 하여도 몸서리쳐지는구나. 황천도 이보다 더 두려울 리 없어라. 허나 그것이 또 행운도 되겠기에 나는 신의 은총을 받아 거기서 본 사연을 다시 새기리."

벡키오 궁의 광장에는, 마치 전시장을 방불케 할 정도로 아름다운 조각들로 꾸며져 있다. 세계에서 가장 아름다운 광장으로 손꼽히는 벡키오 궁의 광장은 중세 르네상스의 산실 피렌체를 새삼 느껴볼 수 있는 매혹적인 곳이었다. 이 광장에서 피렌체시는 매년 5월 제3 일요일에는 단테를 기억하는 기념행사를 열고 있다고 한다.

단테는 교황을 반대하는 백당에 속했던 관계로, 교황을 지지했던 흑당이 세력을 잡자, 당파싸움의 희생물로 고향을 떠나 방랑 생활을 하게 되었다. 그러나 그가 정치인으로서 겪었던 고통스러운 생애는, 결국 불멸의 작품 『신곡』을 잉태하는 고통이었다. 삶의 고통이 크면 클수록, 명작은 빛난다는 한 진리를 벡키오 궁에서 느껴볼 수 있다.

피렌체가 배출한 위대한 시인 단테이지만, 정작 그의 고향에는 단테와 직접적인 관계가 있는 것은 거의 전무한 상태나 다름이 없다. 명작의 고향을 찾아온 취재팀이 느끼는 아쉬움이 이럴진대, 이곳 주민들의 아쉬움이야 어떠할까? 피렌체가 배출한 위인들이 묻혀있는 산타크로체 교회는 바로 주민들의 그러한 아쉬움을 읽어 볼 수 있는 곳이었다.

단테의 대리석상을 세워놓고 있는 산타크로체 교회에는 미켈란젤로, 갈릴레오와 나란히 놓여있는 단테의 무덤이 보이지만, 사실은 가묘이다. 단테는 피렌체에서 추방된 후 라벤나라는 도시에서 객사했기 때문에, 그곳에 묻혀있다. 훗날 피렌체는 라벤나로부터 단테의 유골 반환을 놓고 끈덕진 투쟁을 벌였지만 결국 낳은 정과 묻은 정의 싸움은 묻은 정의 승리로 끝났다. 피렌체는 그 아쉬움을 단테 탄생 600주기 때 시인의 가묘를 만들고 그의 대리석상을 세우는 것으로 달랬다. 그 누가 대시인은 대시인을 묻을 수 있는 땅에서 태어난다고 했던가?

"추방자, 거지임이 틀림없었다. 내 의지와는 달리 운명의 상처들을 드러내고 방황했던 나는 진정 돛 없는 배였고, 키 없는 배였다. 마치 태어나면서부터 잠수부였던 것처럼, 이 항구에서 저 해안으로, 또 저 항구로, 애달픈 가난에서 불어오는 메마른 바람 따라 떠돌아다녀야 했다."

## 3

평생을 걸인처럼 이탈리아 전국을 떠돌아다녔던 시인 단테, 그는 오랜 방랑의 종지부를 아드리아 바닷가의 도시 라벤나에서 찍었다.

라벤나의 단테 해변가 뒤로는 넓은 소나무 숲이 보인다. 이 소나무 숲은 '피나테 디 크라세'라고 부르고 있는데, 단테는 이 소나무 숲을 산책하면서 하느님의 숲 에덴동산의 영감을 얻었다고 한다. 『신곡』에서 그는 이렇게 노래한다.

"이제 저 새 빛을 부드럽게 하는 화려하고 성스러운 숲의 상록을 탐색하고자 하는 열렬한 마음으로, 향기를 뿜어 날리는 숲속으로, 내 산책의 걸음걸이를 옮긴다. 향기로운 숲 어느 곳에도 나무 꼭대기에는 작은 새들의 노래와 재주를 부리고 푸른 숲은 새들의 노래에다 향기의 반주를 속삭여 주듯 신선한 미풍을 불러대고 있다. 코끝에 느껴오는 신선한 미풍의 음성은 마치 키야씨 해안의 소나무 숲 가지를 스치고 지나가던 바람소리 같았다."

단테가 에덴동산의 영감을 얻은 피네타 디 크라쎄 숲은, 시인 바이런이 〈돈 주앙〉에서 노래하던 숲이기도 하다.

피에타 디 크라세 소나무 숲 근처에는 548년에 세워진 산 타폴리나레 인 클라세 성당이 있다. 로마의 유스티아누스 황제의 명령으로 라벤나에 세워진 성당 중의 하나로, 성당의 이름이 첫 번째 주교였던 산 아폴리나레의 이름에서 유래되었다고 한다. 이 성당의 벽화는, 전체가 모자이크로 되어있는데, 이러한 단일 모자이크 그림으로는 세계 최대라고 한다.

모자이크 벽화에는 십자가의 교차점에 그려져 있는 예수의 상이 보인다. 단테는 그가 『신곡』에서 묘사하고 있는 예수의 모습에 대한 영감을, 이 모자이크 상에서 얻었다고 한다. 한편 예수가 그려져 있는 십자가를 중심으로 새가 날고, 양이 거닐고 있는 평화로운 전원의 풍경은 단테가 산책하며 에덴동산의 영감을 얻은 피네타 디 크라세의 소나무 숲을 그려놓은 것이라고 한다.

단테가 『신곡』에서 묘사하는 환상적인 천국의 모습은, 결국 시인이 현실에서 보고 느낀 세계였음을 산타폴리나레 인 크라쎄 성당에서 느껴볼 수 있었다. 추방당한 단테를 받아 주었던 도시 라벤나, 어쩌면 시인은 이 도시의 모든 분위기에서 천국의 모습을 상상했던 것은 아니었을까?

『신곡』은 라벤나에서 완성되었다. 『신곡』은, 단테가 1301년 피렌체를 떠난 후, 1307년부터 쓰기 시작해서, 1321년 단테가 라벤나에서 세상을 떠나기 얼마 전에, 완성된 작품이다.

20년을 거지처럼 떠돌아다니며 눈물 젖은 빵을 얻어먹은 단테의 파란만장한 일생이 만들어낸 웅장한 대서사시가 『신곡』이라 할 수 있다. 자신의 우울한 심정을 시로 풀고, 시에 담으며, 지옥에서 분노하고, 연옥에서 울었고, 천국에서 웃었던 '단테 알리기에리'였다.

단테는 라벤나의 영주였던 '구이도 노벨로'의 집에 머물며 지내다가, 그의 사절로 베네치아에 다녀오던 중 말라리아가 원인이 되어 1321년 9월 13일 56세의 나이로 파란만장한 생을 마쳤다. 시인의 유골은 산 프란체스코 수도원 옆에 따로 지은 예배소에 모셔져 있다. 그 안에는 1908년 피렌체의 단테 협회가 기증한 꺼지지 않는 불이 시인의 불멸을 상징하며 타고 있다.

그러나 단테의 유골을 이곳에 안치하기까지에는, 시인은 죽어서도 생전의 생애만큼 파란만장했다.

1515년 피렌체와의 분쟁으로, 수도원 벽에 숨겨진 시인의 유골은, 1810년 나폴레옹의 이탈리아 침공 시 다시 숨겨졌고, 그 후 시인의 유골을 찾지 못하다가, 이탈리아가 통일되던 1860년 단테의 유골이 수도원 주위를 정지 작업하다 우연히 발견되어, 시인의 유골은 과학적인 정밀검사를 한 후 현재의 예배소에 안치되었다.

예배소 뒤뜰에는 우리나라 무덤 같은 봉분이 보이는데, 이 봉분은 2차대전 때 단테의 유해가 행여 다칠까 봐 그 북새통에서도 석관을 임시로 피난시켜 가매장해두었던 자리라고 한다. 진정 대시인은 대시인을 묻을 만한 땅에서 태어남을 실감할 수 있었다.

단테가 잠들고 있는 산 프란체스코 교회는 성인 프란체스코가 초대 주교였다고 한다. 『신곡』을 쓸 때, 그 무엇보다 중세 교회의 탐욕에 대해 분노했던 시인에게, 평생을 검소와 빈곤의 삶을 살았던 아씨씨의 성인은 단테가 가장 존경했던 인물이다.

"교회의 모든 재물, 교구세며, 연보는 신의 어려운 자들을 위한 것이지, 수도승의 가족이나 악질 관련자들을 살찌게 하는 것이 절대 아니다. 프란체스코 교우는 오직 검소와 빈곤으로 자기 품 안에 영혼을 모았다."

산 프란체스코 교회는 마치 베네치아 도시처럼 물에 점점 잠겨 들고 있었다.

교회 제단 앞에는 지금보다 약 1m 정도 밑에 사람이 누울만한 공간이 보이는데, 이곳이 단테의 관을 놓았던 그 당시 교회 바닥이라고 한다. 또 맞은편 교회 제단 밑은 이미 단테 시절부터 물에 잠겼던 곳으로, 그 안에는 마치 시인의 영혼처럼 자유롭게 붕어가 헤엄을 치며 놀고 있다.

산 프란체스코 수도원은 단테가 『신곡』의 마지막 부분 「천국」편을 완성한 곳이었다. 이곳의 수도사들은 단테가 『신곡』의 「천국」편을 쓰는 데 많은 조언과 함께, 시인이 쓴 「천국」편의 잘못된 부분을 하나하나 교정을 해주었다고 한다. 그래서 산 프란체스코 수도원은 『신곡』의 「천국」편을 완성한 것을 기념하여, '천국의 수도원'이라고 라벤나에서는 부르고 있다.

# 4

중세의 침묵을 깨뜨린 최초의 소리 '단테 알리기에리'.

그는 고향 피렌체의 아르노 강변에 그의 불멸의 작품 『신곡』을 들고 인문과학의 빛으로 서 있다. 그의 옆에는 "그래도 지구는 돈다"라고 말했던 갈릴레오가 자연과학의 길잡이로 서 있다.

"모든 허위를 물리치고 그대 시를 가장 완전한 진리의 비전에 맞추라. 그대 목소리가 처음 맛볼 때는 미각에 거슬리겠지만, 소화가 되면 산 생명의 자양분이 되리라. 그대가 외친 고함은 돌풍처럼 가장 높은 봉우리를 치게 될 것이다. 그 소리로 그대는 명성을 드높일 것이다.”

― 단테의 『신곡』을 찾아 떠난 〈명작의 고향〉 제작을 마치며.

---

* 세계 문학기행 명작의 고향은 1984년과 1985년 2차에 걸쳐 총 19편이 문화방송 TV에서 특집으로 방송되었다.
  1차는 1984년에 『레미제라블』, 『젊은 베르테르의 슬픔』, 『빌헬름 텔』, 『보바리 부인』, 『몬테 크리스트백작』, 『춘희』, 『적과 흑』, 『테스』, 『안네 프랑크의 일기』 등 9편이 방송되었고, 2차는 1985년에 『돈키호테』, 『폭풍의 언덕』, 『햄릿』, 『여자의 일생』, 『카르멘』, 『골짜기의 백합』, 『수레바퀴 아래서』, 『아들과 연인』, 『신곡』, 『안데르센동화집』 등 10편이 방송되었다.

# 왕십리 온 단테 (Wangsimni on Dante) II

## 《지옥편》

초판 1쇄 인쇄일   2021년  6월 25일
초판 1쇄 발행일   2021년  6월 30일

지 은 이    김명복
만 든 이    이정옥
만 든 곳    평민사
　　　　　서울시 은평구 수색로 340 〈202호〉
　　　　　전화 : 02) 375-8571
　　　　　팩스 : 02) 375-8573
　　　　　http://blog.naver.com/pyung1976
　　　　　이메일  pyung1976@naver.com
등록번호    25100-2015-000102호
ISBN       978-89-7115-781-7   03800
　　　　　978-89-7115-779-4   (set)

정   가    14,000원